飲み処
酒
勇者
ニッポンで
～疲れる毎日
忘れたい！
のびのび過ごすぜ
休暇～
山崎響
ill. 雪狸

CONTENTS

第1話　勇者、居酒屋で飲んだくれる

YUSHA WA HITORI, NIPPON DE

居酒屋の店内はにぎやかな空気に包まれ、仕事帰りの客で賑《にぎ》わっていた。老若男女問わず、今この場の誰もが求めているのは……もちろん。

美味《うま》い酒。

美味い肴《さかな》。

仲間との語らい。

そしてこの、酒場特有の陽気な騒がしさ。

「……いいよなあ、この楽しそうな雰囲気」

アルフレッドはこの空気が大好きだ。

仕事上がりの酒は美味い。

その気持ち、よく分かる。


注文したばかりなので、アルフレッドの手元にはまだ何もないのだ。だから切実にそう思う。

（あああ、俺も早くこの仲間に入りたい！）

（まだか……ああ、早く来てくれ俺の酒よ！）

そわそわ、ワクワク、そしてジリジリしながら待っていると……。

「お待たせしましたぁ！」

お預け状態で今にも暴れ出しそうな彼の前に、紺の作務衣《さむえ》を着た店員がにこやかに現れた。

「生中一丁、ねぎま、ぼんじり、ししとうお待ちっ！」

大声を張り上げながら、店員は手に持つ盆から冷え冷えのジョッキと湯気を立てる皿を……。

「おおおっ……待ってましたぁ！」


待っていましたとも、我が友《ビールと焼き鳥》よ！

一日千秋の思いで待っていたアルフレッドは、音を立てて置かれるジョッキに向かって思わず叫んだ。

一週間ぶりの休みに、一週間ぶりの楽しい夢の時間《独り飲み》。

アルフレッドは目の前に置かれた酒と肴を、ほれぼれと眺めた。

「おお、ビール！　この一週間、おまえのことを片時も忘れたことはなかったぞ！」

美しく透き通った円筒形のガラスの器《中ジョッキ》に、溢《あふ》れそうなほど注がれた黄金の神酒《ビール》。

「そしておまえも一週間ぶりだなぁ、焼き鳥よ！」

四角い平皿に並べられた、美しい焼き目の三種《やきとり》の串焼き。

言わずと知れた、ビールと焼き鳥の鉄板コンビ。相変わらず輝いている酒肴《友》の姿に、久し振りに会うアルフレッドは涙が出そうだ。

「ああ……この取り合わせから飲み始めることに、誰が文句をつけられるだろうか！」

感動の再会を済ませると、アルフレッドはさっそく卓上へ手を伸ばした。


まずはビールから。

アルフレッドは冷えて一面の霜に覆われた、重量感のあるジョッキを掴《つか》んだ。白い泡を載せた黄金の液体を蛍光灯の明かりにかざし、期待に思わず喉を鳴らす。

「いい……！　いつ見てもこの神々しい輝きが、イイ！」

最初の一杯をこうやって光に透かして見るのが、アルフレッドは大好きだった。

なんと美しい酒なのだろう。

自分の国に、こんなに美しく透き通ったビールはない。

もちろん色を愛《め》でるのはついでだ。

大事なのは、この美しい酒をこう……。

アルフレッドはジョッキにそっと唇をつけ、グッと力強くあおる。

初めに舌先を針で刺すようなピリピリする刺激が来て、続いてほのかに甘く、けっこう苦いラガービールの豊かな味が口の中に広がった。

そしてその重い舌触りのビールを飲み下す時の、この喉越し……！

喉を鳴らして一気に半分ほどを空けたアルフレッドは、木目の美しい卓に音を立ててジョッキを置いた。

「くぁあ〜っ！」

この快感、言葉にならない。

美味い。

やっぱり美味い。

「おお……この一週間の疲れも苦労も、全部この一口で吹き飛んだ気がする……！」

だが、これだけでは完成しない！

「そして、そこへ……！」

アルフレッドはジョッキをまた持ち上げながら同時にねぎまを一本摘《つ》まみ、半串を一気に咀嚼《そしゃく》する。

甘いタレをからめて焼いた香ばしい鶏肉と、わずかに辛くシャキシャキの歯ごたえが楽しい太葱《ふとねぎ》。

二つの味わいを確かめながら再度ジョッキをあおり、残りのビールを一気に飲み干す。


ねぎまと、ビール。

これ以上はないハーモニー。


「……最高だ」

一週間ぶりのビールと焼き鳥はやっぱり美味い。

何度味わっても、いつだって美味い。

かすかに目尻に涙を浮かべ、アルフレッドは感極まって叫んだ。

「あー……俺は、この一杯のために魔王と戦ってる！」

◆

勇者アルフレッド。

神から世界を救う使命と力を授かり、世界征服を企《たくら》む魔王と戦う、人々の希望……は、気苦労ばかりの毎日に疲れ果てていた。


神から「おまえが世界を救え」と指名を受けるなんて、この上ない名誉だ。

民衆からも救世の勇者だと崇《あが》められ、どこへ行っても「勇者様！」ともてはやされる。

そして彼に付き従う勇者パーティのメンバーは、才能と美貌に恵まれた若い女性ばかり。まさにウハウハハーレム状態。

さらには魔王討伐に成功すれば、聖女でもある姫の婿として次期国王の座を約束されている。

それが勇者！　名誉と幸運と栄光のすべてを約束された、人類で最も重い使命と輝かしい未来を持つ我らがヒーロー！

しがない男爵家のせがれには、過ぎたほどの栄光だ……が。

「……みんな、本当にそう思っているなら」

――誰でもいいから、今すぐ俺と代わってほしい。

勇者本人であるアルフレッドは嘘《うそ》偽りなく、そう思っている。

初めに断言しておく。

羨ましがられる本人は、そんな立場を望んでいない。

まったく望んでいない。

いや本当に。

アルフレッド自身は自分の身の程を知っているし、大それた野望も欲もない。勇者に選ばれた今でも、自分の将来は男爵家の当主で十分だと思っている。

ちっちゃな領地の経営に頭を悩ませ、麦の収穫に一喜一憂する生活でよかったのに……。

そもそもアルフレッドは貴族といったって地味で人づきあいも苦手、しかも武芸もまったくダメな文官型。騎士団なんか入ろうと思ったこともないし、当然剣の腕はからっきしだ。

それがなんの因果で「魔王討伐」なんて、危なくて厄介な任務を押し付けられなくちゃいけないのか。

「いくら神様からの御指名にしたって、やっぱり無茶すぎるよなあ」

アルフレッドは自分に課せられた使命を考えるたび、ため息をついてしまう。

次期国王にという約束も、美女姫との結婚話も。己《おのれ》の器量を知る彼にしてみればまったく嬉《うれ》しくない。できることなら辞退したかった――。

いつまでも慣れない勇者という立場。

それだけでもストレスなのに、勇者パーティの人間関係がまたひどい。

世間が（特に若い男どもが）羨ましがる勇者パーティの仲間は、確かに才色兼備の美女や美少女ばかりが揃《そろ》っている。

そこはアルフレッドも認める。

だけど……これが全員、アルフレッドに非友好的とくるのだ。

王の一人娘でもある聖女ミリア姫は、アルフレッドを逆玉狙いの野心家と軽蔑していて。

剣士のバーバラは元々ミリアの護衛だから姫様だけが大事で、ミリアの嫌うアルフレッドを当然の如《ごと》く軽んじていて。

魔術師のエルザは幼馴染《おさななじ》みなだけに、素のアルフレッドを知っている。そのぶん、頼りがいがない男だと視線が常に冷ややかだ。

唯一の男なのに一番戦闘適性のないアルフレッドに、このメンバーが好意的なわけもなく……戦闘時はお荷物、平時は雑用係のアルフレッドを顎《あご》で使ってくれていた。

「現実はこんな有り様なのに、どいつもこいつも無責任に『羨ましい』とか言うんだぞ？　やってられるか！」

貴族たちはひがみとやっかみで陰口ばかり言ってくる。

庶民も口を揃えて、アルフレッドが運に恵まれてすべてを手にした成功者だと羨ましがる。

――気苦労と危険しかない、こんな生活。命がけの代償になんか、なるわけない。


だから。

だから、アルフレッドは神様にお願いしたのだ。

〝たまの休みくらい、気楽に一人きりで過ごせるようにしてください！〟と。

◆

飲みながらそのことを思い出したアルフレッドは、ポツッとつぶやいた。

「まさか、本当に叶《かな》えてくれるとはなぁ……なんでも言ってみるもんだ」

神様はなんと、アルフレッドの願いを聞き届けてくれた。

〝勇者には静養と神へ祈る安息日が必要である〟

そう神託を下し、七日に一日、絶対不可侵の休日を作ってくれた。

そしてアルフレッドを知る者が誰一人いない土地でくつろげるよう、丸一日《二十四時間》だけ異世界「ニッポン」へ飛ぶチート《ズルい》能力を授けてくれた。

ついでに軍資金も一日イチマンエンくれる。

アルフレッドは精神をすり減らす毎日を受け入れる代わりに……週に一日、誰も知らない所で〝ばっちゃける〟休日を手に入れたのだった。

◆

異世界ニッポン。アルフレッドの世界よりも進んでいて、いろいろ珍しいものがある世界。

アルフレッドがこちらへ移動する時、服装はちゃんとこちらの世界《ニッポン》で違和感のないものに自然と替わってくれる。

ポケットには一日分の小遣い、イチマンエンが入っている。ちなみにニッポンで買った財布に入れておけば、残金の繰り越しは可能なようだ。

そして何度か遊びに来るうちに、イチマンエン……一万円は大金だが宿代を払うとたいして残らないことも学習した。

二杯目のビールが届く。

今度は舐《な》めるようにちびちび飲みながら、アルフレッドは考えた。

「宿代がなぁ……高級旅館《ビジネスホテル》は安いところでも六千円ちょっと。蚕棚《カプセル》はもうちょっと安い……だが、それを払っちゃうと残りは三千から五千円しか残らないんだよな」

だいたい豪勢なメシが一回か二回食えるくらいだから少なくないが、そこに酒が入ると途端に余裕がなくなる金額だ。

神様もなかなか渋くていらっしゃる。豪遊できるほどは小遣いをくれない。

飲み代が足りなくなっても、異世界ではツケにできない。二杯目からは飲み方をセーブして、ツマミも厳選しなくちゃならない。


……だけど。

「まっ、そういうので頭を悩ますのもまた、おもしろいんだよな！」

ギリギリの予算をどう使うか。いろいろ考え工夫するのもまた、楽しい。

それに何より。

「こっち《ニッポン》には、あの一緒にいると息がつまる女ども《メンバー》がいないのが最高だ！」

誰にも邪魔されず、ただ独《ひと》り自由に酒を飲める。それだけでもすごく嬉しい話じゃないか！

誰もアルフレッドを知らない場所で、楽しい時間を過ごせる。

それだけで、勇者には十分な骨休めなのだった。

◆

居酒屋がおもしろいのは、一人飲んでいるとたまに他の客と話がはずんだりするところだ。

今日もそんな臨時の飲み仲間、くたびれた感じの中年男と上司の悪口で盛り上がった。

「ったく、あのアホ部長は人の失敗は些細《ささい》なものでもねちねち叱るくせに、自分のミスが発覚してもすっとぼけて弁解の一言もないし」

「あー、確かに！　いるんだよな、そういうクズ上司！」

普段は礼節を守って他人を貶《けな》したりしないアルフレッドだけど、酒の席での上司の愚痴だけは別枠だ。というか、酒の席で一番楽しい話題だ。ここは迷わず攻めていく。

「だろお？　融通が利かなくて目の前の現実を無視するクセに、『じゃあどうすればいいんだ？』って聞けば曖昧《あいまい》なことしか言わないしよぉ」

「はい、はい、はい、はい！」

「自分で最優先だって言った指示を忘れて、次から次へと『これは最優先だ！』って……てめえはいくつ最優先があるんだよ!?　まず自分の中で優先順位をつけてから持ってきやがれっての！」

「あるある！　それな！」

すだれ状の頭髪を振り乱して吠《ほ》えるオッサンの愚痴が、違う世界の話なのにアルフレッドの胸にすごく刺さる。ニッポン人《このオヤジ》の悩みは異世界の勇者《アルフレッド》にも共感しかない。

「分かる！　分かるなぁ！　俺のところもそうなんだよ！」

しきりに首を振りながら頷《うなず》くアルフレッドに、オッサンも同情の目を向ける。

「兄ちゃんとこもか！」

「そうなんだ！　あーあ、辞められるものならいいかげん辞めたいぜ」

「だよなあ！」

すっかり意気投合した二人はジョッキをぶつけ合った。


アルフレッドにはなんでも楽しい異世界「ニッポン」だけど、この世界の住人……特にこのオッサンみたいな「サラリーマン」という職業の人間は生きにくいらしい。

(聞く限り、宮廷の下級役人みたいなものなのかな……)

だったらアルフレッドにもつらさが分かる。

上級貴族には顎で使われ、出入りの商人には足元を見られ……宮廷役人もなかなかにつらい。かといって下級貴族の狭い領地の収入では、貴族の体面を保って生活するのも難しい。領地経営以外に金を稼ぐ手段もない下っ端には、公職の肩書と現金でもらえる給料は無視できない重さがある。

〝給料とは、つまるところは我慢料〟

宮仕えっていうのは、まさにその言葉に尽きると思う。

成人して父の跡を継いだら、アルフレッドにも領地経営の傍らでそういう生活が待っているはずだった。

それがまさか、勇者に任命されるとは——本当に人生、どう転がるか分からない。

「……でも、じつのところ今の生活もそうは変わらないか」

上司に振り回されて世間の理不尽に耐える日々って、よく考えたら勇者《じぶん》もだ。

勇者と官吏とサラリーマン。忍耐ばかりの仕事という点では、どれも変わらない気がする。

だから目の前のオッサンに、アルフレッドは強い連帯感《シンパシー》を感じるのだろう。

(みんな、何かしらキツイ思いをして生きているんだよな)

毎日がつらいのは自分だけじゃない。少なくともニッポンには、アルフレッド《サラリーマン》の仲間がいっぱいいる。

そんな彼らと慰め合えるだけで、アルフレッドはニッポンに来られてよかったと思うのだ。

自分の世界じゃ、誰も勇者のつらさなんか分かってくれない。

一緒に飲んでくれるヤツもいないし、そもそもだらしないところを見せられない。

だから適性もないのにやらされている、仕事の愚痴を吐き出す場所もない。

そんな彼に神様が用意してくれた夢の国《ワンダーランド》、ニッポン。

週に一日、二十四時間。勇者アルフレッドに認められた、現実逃避のための夢《すてきな》の時間。

この一日にはじけるために、アルフレッドは勇者をやっている。


「ウォーッ！　姫様のバカヤロー！」

「会社がなんだ！　上司がなんだ！」

「そうだぁ！　いつかは辞めてやるぞ！」

「おおーっ！」

ネクタイとかいう首飾りを頭に巻き直したハゲオヤジと肩を組み、ジョッキを片手に盛り上がる。

周りのオッサンたちも一斉に上役への不満を叫び、だれかれ構わずグラスをぶつけ合う。

ビールが空なのに気がつき、アルフレッドは卓上にあったビール瓶を手に取ってラッパ飲みした。

乱れに乱れたこの場で、もはやどれが誰の物かも分からない。


でも、それでいい。

それがいい。


今はただ明日への英気を養うために、同志《リーマン》たちとすべてを忘れて盛り上がる！

「おっしゃあ、はしゃぐぞ！」

アルフレッドは瓶を持った手を天に突きあげ、何やら歌っているオッサンたちの群れへと紛れ込んだ。

◆

ちょっと肌寒い気温に身を震わせて、異世界の勇者は目を覚ました。

「んん……？」

見れば徐々に明けていく白々とした空の下に、自分の世界には存在しないビルとかいう高層建築の群れが建ち並んでいる。じつに壮観だ。

アルフレッドは眠い目をこすって辺りを見回した。

「ここは……？　あぁ、ホテルまで帰れなかったのか……」

よく見なくても、ここは外。

気がつけばアルフレッドは飲み屋街のゴミ置き場で、ビニール袋（業務用四十五リットル）を枕にすっかり熟睡していた。楽しく飲みすぎたおかげで行き倒れて、そのまま路上で寝てしまったらしい。

まさに〝失態〟だ。


「けど……いいじゃないか、これも」

ここはニッポン。誰もアルフレッドが勇者だなんて知らない。

〝勇者様〟扱いの地元じゃ、人目が厳しすぎて間違っても泥酔なんかできないのだ。こんな体験ができるのも、また楽しいじゃないか。

ゴミの詰まったビニール袋に頬ずりしながら、アルフレッドは昇っていく朝日を満足そうに眺めた。

「いいなあ、異世界《ニッポン》……自由、万歳！」

【勇者の事情】第1話

神託の勇者

アルフレッドが〝勇者〟に選ばれ、(主《おも》に人間関係で)苦労することになったそもそもの原因。

それは十年ほど前、魔王が復活したという大事件からきていた。

世界が混乱に陥《おちい》ってからの十年を、もちろん人間たちも無策に過ごしていたわけではない。魔王軍との対抗手段をあらゆる国々が必死に探し、ついに古い文献から有力な情報を見つけ出した。

それが、神の預言を願う儀式の手順書だったのだ。

人間の手に余る強大な〝魔〟の存在を、神の助けをもって打ち破る。

期待を背負って行われた儀式は見事に成功。固唾《かたず》をのんで見守る人々の前で、神官が高らかに神託を読み上げた。

——のだったが。

◆

「成功です！　神から託宣《たくせん》が下りましたぞ！」

神官の叫びに、神殿を埋め尽くす人々は一斉にどよめいた。

受け止め方はさまざまだったが、前向きに捉えたのは皆一緒だ。急に明るくなった雰囲気を後押しするように、神官が声を張り上げる。

「神託には！〝魔王を倒せる者として、聖女と勇者を指名する〟とあります！」

『オオォッ！』

「聖女には……ウラガン王国王女、ミリア姫が指名されました！」

『オオオオオッ！』

再びワァッと大歓声が上がり、満場の人々は祭壇の近くに座る王族へと一斉に注目する。

聖女に指名されたのは、ご当地ウラガン王国のミリア王女であった。

才色兼備の人格者として知られ、〝ウラガンの白百合《しらゆり》〟と称《たた》えられる美しき姫。本人は急なことに驚いているが、言われてみれば誰もが納得の人選だ。群衆のあいだにはむしろ当然だという空気が漂っている。

一度言葉を切って神官がさらに先を続けた。

「そして勇者は！」

『オオッ！』

「同じくウラガン王国の……　〝ラッセル男爵家のアルフレッド〟とあります！」

『オオオオオッ……オォ？』

栄誉ある神託の勇者の名が読み上げられ、期待に目を輝かせた人々が歓喜の雄叫《おたけ》びを……上げそこなって、困惑の表情で首を傾《かし》げた。

皆、お互いに顔を見合わせるばかりで言葉もない。


〝ラッセル男爵家のアルフレッド〟

その名に心当たりがないのだ。


対魔王軍戦で名を上げている英雄ではない。

武芸の達人として知られた名でも、名家の有名人でもない。

——というかハッキリ言えば、まったく無名の人物だ。


だから。

儀式を見守っていた者たちがこの時、揃《そろ》って考えたことはただ一つ。

『…………誰？』

◆

「…………俺？」

その指名された当人はこの時、群衆に紛れて会場の中ほどにいた。

ラッセル男爵家令息の、嫡男アルフレッド。

そう聞くとそれなりに有資格者《名家出身の戦士》っぽく聞こえるけど、ようするに底辺貴族《男爵家》の跡取り息子である。全然特別な人間じゃない。

見た目は……じつは中身も……ごく普通の、町育ちのナヨッとした青年だ。街を歩けばアルフレッドみたいな若者、百数えるあいだに十人くらいは見かけそう。彼が今ここにいるのも候補だからではなく、立ち会いのために呼ばれた〝その他大勢〟の一人としてに過ぎない。

だから思いっきり油断して（早く終わらないかな……）などと考えていたアルフレッドは、まさかの御指名に言葉もない。

（ちょっ、俺!? なぜ？ なんで!? 嘘《うそ》だろ！）

自慢じゃないがアルフレッド、王国貴族といっても騎士なんて柄じゃない。荒事《あらごと》は苦手なので魔物はおろか、人間とだって戦ったことがない。

こんな場面でいきなり自分の名を呼ばれるなんて、文官肌の平凡な青年貴族は想定もしていなかったのである。

(いやいや待て待て)

ざわつく会場の中で、アルフレッドは額にじっとりと浮かんできた嫌な汗をぬぐう。

(落ち着け……これは何かの間違いだ。俺が勇者だなんて、ありえない。今のは聞き間違い、そうだよな?)

そうであってほしい。

剣を握ったことなんて、子供の頃の手習いでしか経験がない。もはや基本の構え方さえ忘れてしまった。そんな人間に勇者の神託……うん、ありえない。

そんなことを考えながら呆然《ぼうぜん》と突っ立っている彼を、横にいた顔見知りがつついた。

「おい、呼ばれたのおまえじゃないのか?」

「まさか、そんなバカな」

「でも、ラッセル家のアルフレッドって……」

「たぶんアルフレッド違いだよ。ラッセル家なんて他にもたくさんあるだろ」

「男爵家でラッセルって他にもあったっけ？」

「あるよ！　きっとある！　おまえが知らないだけだ！」

まだ疑わしげに見てくる知人に向かって、アルフレッドは引きつった笑顔で必死に自分じゃないと繰り返す。

けど。


『ラッセル家のアルフレッド殿！　来ておられませんか!?』

神官も仕事なので、繰り返しアルフレッドを呼んでいる。誰も出てこないので困った様子だ。無理もないけどだからといって、こんな多数の人間に注目されている中で……どう見てもふさわしくない自分が、「私です」と名乗り出ていく勇気なんてアルフレッドにはない。

「おい、やっぱりおまえじゃないか？」

「違うに決まってるって！　冗談はやめてくれよ、ハハハ……」

『ラッセル男爵家のアルフレッド殿をどなたか知りませんか!?　……もしかして、この中に来ていないのですかな？』

『いや、国の一大事なので貴族はすべて集められているはずです』

「誰だ、余計な説明をするヤツは……！」

『どの辺りにおられますかね？』

『男爵家の者なら、たぶんあの辺りに……』

「やめろ！　わざわざ探すな!?」

「ほら、やっぱりおまえだろ」

「絶対違うよ！」


違う。

そんなはずはない。

勇者に指名されたのは、きっと同姓同名の別のヤツ。

だって、俺に勇者なんか務まるわけがない。


そう思っているアルフレッドの、人違いであってくれという願いもむなしく……。

◆

「彼がアルフレッド・ラッセル殿だそうです」

探しにきた神官に捕まり、アルフレッドは祭壇まで連行された。

「うむ、あなたがラッセル家のアルフレッド……で、合ってますか？」

儀式を取り仕切っていた大神官も一度は頷《うなず》きかけたものの、本人を見るなり思わず疑問形で問いかけてきた。これまた無理もない。神官から見たって、アルフレッドはどう見ても戦いに向いているような人間には見えないのだから。

「はい。あの、確かに俺、じゃなくて私がラッセル家のアルフレッドですが……指名されたの、本当に私で合ってます？」

アルフレッドも思わず問い返してしまう。

自分が勇者にふさわしいかと聞かれたら、ハッキリ「いいえ！」と答えられる自信がある。

本人に逆に問い返されて余計に不安になったらしく、大神官も宮廷の役人にもう一度確認する。

「ラッセル男爵家のアルフレッドという方はもしかして他にも……あ、ラッセル男爵家が一家しかないのですか……なら、間違いないですな」

アルフレッド（と大神官）には残念なことに、やはり神託が指すのは彼で間違いないらしい。

ちょっと不安げな表情のまま大神官が振り返り、アルフレッドに向かって祝福の聖印を宙に描いた。

「おめでとう、アルフレッドよ。あなたは神に選ばれし神託の勇者に指名されました！」

アルフレッドは思わず神官に言われた言葉を繰り返す。

「俺……じゃなくて、私が神託の勇者……」

世界を救うという重大な使命が、神からアルフレッドに与えられた。

壇上で面と向かって指名され、さすがの彼もはっきりと自覚する。自分の双肩に、人類の未来がかかっているのだと。

——それと同時に、凡人の自分には荷が重すぎるという実感がひしひしとのしかかってきた。


「あの……」

「何か？」

「私で良いのか、神様にもう一回確認してみてもらえません？」

アルフレッドは諦めが悪かった。

「神の託宣を疑うような真似《まね》はできぬ！」

大神官が拒否する。当然だ。

「でも、もしかして何かの間違い……て可能性も」

「神が断言なされたのですぞ！　間違いようもない御指名なのだ。覚悟を決められよ！」

「ほんっとーに？　ちゃんと確認しました？　聞き取りミスだったらどうします？」

「神託はこのように、具体的に書かれておる！　聞き間違いはありえない！」

「神様ももしかしたらリストの隣の名前を書き写しちゃったとか、じつはうっかりミスをしてるかもしれないですよ？　今ちゃんと確認しとかないと、後で大惨事になるかも……」

「何度も疑うのはやめなさい!?　そんなこと言われたら、ワシまでぐらついてくるでしょうが！」

◆

「神託の勇者」に選ばれた。

これは大変なことになったと、アルフレッドは蒼白《そうはく》な顔色で唇を噛《か》みしめた。

今までは貴族といってもしょせん一番下っ端の、さらにいえば未成年の半人前でしかなかった。

取り柄も家柄もないアルフレッドなんて、ウラガン王国の宮廷ではモブ《背景》に過ぎない。お偉いさんに名前を覚えてもらうどころか、視界に入っているかも怪しい……そんな程度の扱いだ。

(それがまさか、並みいる騎士たちを差し置いて……)

勇者に選ばれてしまうとは。


自分に勇者が務まらないという自覚はある。

体力も腕力もないし、武術なんかまったく知らない。

——まあ、アルフレッドに勇者の資格があるかどうかは脇に置いておいて。


大神官の横で演説を聞きながら、笑顔の仮面を貼り付けたアルフレッドは目線だけをあちこちに飛ばしてみる。

横に並んでいる姫様《ミリア》は最初に不審そうに一瞥《いちべつ》した後は、まったくアルフレッドを見ようともしない。

自分たちの中から選ばれるだろうと思っていた騎士たちからは、(なんでこんなヤツが……!?)という不満と疑問のプレッシャーがすごい。

選ばれてもおかしくなかった若手の高位貴族《ミリアの取り巻き》たちも同様だ。勇者の地位を横から掻《か》っさらって姫にむりやり接近した（形の）、アルフレッドへの殺意に満ちあふれている。

そして下位貴族の子弟《下っ端仲間》たちからは、（あの野郎、一人だけうまいことやりやがって……！）と妬《ねた》み嫉《そね》みの熱い視線が集中していて……アルフレッドに火がつきそう。

（冗談じゃないぞ⁉）

どういう選抜基準で神様がアルフレッドを選んだのかは分からない。

だがこれだけあらゆる層から反発されていて、魔王討伐にいったい誰が協力してくれるのか……というか。

（今、ウラガン王国《我が国》に限っていったら……討伐したいのは魔王より、俺だよな……）

その事実に思わず空笑いが出そうになったけど、当事者とあっては笑いごとじゃない。

冗談じゃない。自分がやりたくて立候補したわけじゃない。

文句があるなら神様に直接言ってくれ。彼は切実にそう思う。

そんなアルフレッドの思いをよそに、事態はどんどん進んでいく。

大神官が演説を終え、高々と手を上げた。

「では皆さん！　世界を救う神託の勇者に祝福を！」

白けた空気の中、まばらな拍手が一応響き……慌てた下級神官たちがあちこちで催促したおかげで、なんとか格好がつくだけの音量で拍手が響き始めた。

あからさまにホッとした顔の大神官に促され、アルフレッドも手を振りながら……心の中で思いっきり叫んだ。


(不満なら誰か代わってくれよ!?　なあ、おい！　俺はやりたくないんだよ！)


そうアルフレッドが思っても、これは神託。神様の御意思だ。

不満はあっても当然ながら、敢《あ》えて神様に文句をつける者なんて一人もおらず。

誰にとっても残念ながら、〝神託の勇者〟アルフレッドがここに誕生したのだった。

第2話　勇者、牛丼にギョクを落とす

アルフレッドが異世界《ニッポン》にいられるのは二十四時間。彼はその時間を、夕方から翌日の夕方までに設定することが多い。

自分の世界で一夜休んでから、〝朝から翌朝〟までのあいだをニッポンで過ごすという手もある。

しかし仕事の疲れを引きずったまま異世界の居酒屋ではしゃぎ、ぐっすり寝てスッキリした翌日に観光をするほうが楽しい気がする。それに〝朝から朝〟で自分の世界に早朝帰還では、誰かが叩《たた》き起こしにきた時にまだ帰還していない可能性もある。ちょっと危険だ。

「そう考えると、今日はドジを踏んだ……」

昨晩は日中の移動で疲れすぎて、自分の世界で熟睡してしまった。

魔物は出てこなかったけど、剣士《バーバラ》が道を間違えて山中をさまよったのだ。おかげで同じような場所を何往復も無駄《むだ》に歩き回ったうえに、気が立った魔物モドキ《女性陣》がアルフレッドに当たり散らし……。

アルフレッドは燦々《さんさん》と輝く太陽を恨めしげに見上げた。

「くそう、おかげでせっかくのニッポンが……」

すっかり日が昇ってからの転移になった。これは滞在時間を短縮しなくちゃならないだろう。

異世界「ニッポン」での滞在は二十四時間を超えることはできないが、早く帰還することは可能だ。早めに切り上げれば問題はない。だけど何が悲しくて、楽しい自由時間《ニッポンでの休暇》をアイツらのために短縮しないとならないのか……。

安息日の外出《ニッポン行き》（？）が、他のメンバーにバレるわけにいかない。それは鉄則だ。だから短縮もやむをえないのは分かってる。

とはいえ疲れて寝こけてしまったのが奴《やつ》らのせいかと思うと、「仕方ない」と簡単に割りきれるものでもなくて……。

◆

そんな経緯でアルフレッドがブツブツ呪詛《じゅそ》を吐きながら歩いていると、彼の視界に派手な看板と美《お》味《い》しそうな料理のリアルな絵《しゃしん》が飛び込んできた。

「あれは……！」

アルフレッドは、見覚えのあるその料理に一瞬で目を奪われた。

その暴力的なまでの破壊力《ビジュアル》……半分寝ぼけたアルフレッドの意識は、一目見ただけでばっちり覚醒状態になった。むしろ〝目が覚めた〟を通り越して、胃袋がいきなり本調子に戻り……辺りに響くような音量で、己の存在《空腹》を主張し始めた。

看板に描かれていたのは、彼も馴染《なじ》みが深い食べ物だ。

彼《か》の者の名。それは〝牛丼〟。

神が作りし至高の一杯。

この料理はちょっと複雑だ。

一見すると深いボールにめいっぱい肉が入っているように見えるが、じつは表面以外は〝コメ〟という麦の仲間が詰まっている。だからこの牛丼という料理、肉料理にカテゴライズしていいのか微妙な一品で……肉の使用量はステーキよりはるかに少ない。

だが、そのぶん味付けが一工夫されている。

載せられている細切れ肉は甘辛い（というらしい）濃い味付けで煮込まれていて、「食べた！」という満足感が出るように計算されているのだ。

肉の量の少なさもコメを合わせて食うことでカバーできる。濃い味の肉と、その汁を吸って一種独特な美味《うま》さを身にまとったコメの相性の良さといったら……これぞ、酒でいうところのマリアージュ！

さらに牛丼は美味いわりに、お値段もずいぶんリーズナブルなのが嬉《うれ》しい。懐の寂しいアルフレッドはこの牛丼が大好物で、ニッポン訪問では二週に一食は必ず食うぐらいだ。

「味は美味いし、出てくるまでの待ち時間も短い。最高じゃないか」

何より安いし。

美味しそうな看板を見ていたら食べたくて、いても立ってもいられなくなってきた。よく考えれば昨日は宿に着くなり、倒れるように寝てしまった。もう半日以上何も食っていない。

アルフレッドは決断した。

「よし、まずは朝飯といこうか！」

ここでバッタリ牛丼に出会ったのも、何かの天啓かもしれない。

「うん、身体《からだ》も疲れているからな……牛丼はいい選択だろう」

栄養と元気がつきそうな牛丼は滋養強壮にいい……と、思う。腹ペコで疲れたアルフレッドがそう思うんだから、そうに決まっている。

「ならば、ここはひとつ体力回復のために……」

特盛で食おう！

軍資金は常に酒へ全振りしたいアルフレッドだけど、こんな朝から酒でもあるまい。何よりこの腹具合では、アルコールよりメシが先だ。

「だからいきなり大盛を飛び越して特盛にしてしまっても、これは正しい栄養補給であって過ぎた贅《ぜい》沢《たく》ではない！　うむ！　完璧！」

いったい誰に言いわけをしているのか。

「よーし！　今日の予定を考えるのは、まず牛丼を食ってからだな！」

アルフレッドはガラス戸を開け、店員の威勢のいい挨拶を浴びながら店内へと入っていった。

と、そこまではよかったが。

◆

着席してから十五分。

「うーん……」

席に着いたアルフレッドは、メニューを眺めて悩んでいた。

牛丼までは決めた。

だが、その先が決まらないのだ。

牛丼という料理はトッピングの選択肢が非常に多い。これがじつに悩ませてくれる……もちろん、嬉しい悩みではあるのだが。

牛丼は実用本位で飾り気がないから一見大雑把《おおざっぱ》に見えるが、そのじつ味わいが非常に繊細な食べ物だ。何をプラスして載せるか、その選択肢で味がガラッと変わる。

（くそう、今俺は何牛丼を食べるべきか……！）

腹が空《す》きすぎて、考えがまったくまとまらない！

アルフレッドは一度メニューを閉じ、深々と深呼吸する。

（おちつけ、俺……今大事なのは、最良の選択肢を見極めることだ）

内心の焦りを抑え、アルフレッドは己に言い聞かせる。


ここで方向性を間違っては、今日一日が台無しになってしまう。

「期間限定もいいが、この重要な一戦であまり冒険はしたくない……定番でキムチなんか、スタミナもつきそうだが……」


悩ましい。

ああ、じつに悩ましい。


まるでダンジョンに潜って分岐のどちらに踏み出すか、選択を迫られている時のよう……。勇者の胆力をもってしても、どうにも決断できない。

「参った……牛丼が久しぶりすぎて、俺は自分が何を食いたいのか分からない！」

悩んでいる勇者が前回牛丼を食べたのは、ほんの二週間前。

「……あっ。悩みすぎて、嫌なことまで思い出してしまった」

昨日バーバラが道を間違えたのが発覚した後。

地図を覗《のぞ》いた聖女のミリア姫と魔術師のエルザが、それぞれ「正しいのはこっち！」と違う方向を主張してアルフレッドに意見を求めてきたのだ。

「そこで、なんで俺に選べと言ってくるかなあ……」

アルフレッドだって旅慣れているわけじゃない。訊《き》かれたって分かるはずもない。


しかも熟慮の末に「じゃあ、こっち」とエルザの主張を選んだら。

採用されたエルザはやたらと勝ち誇った態度でうざいし、不採用のミリア姫は拗《す》ねて何かと八つ当たりしてくるし……あいだに挟まれたアルフレッドは微妙な空気の中、居心地悪くてたまらなかった。

「結局、両方間違ってたし」

アレで余計に時間をくった。

「判明した後のばつの悪い空気がまた、いたたまれないというかなんというか……と、そんな場合じゃなかった！　今はメシだ、メシ！」

ハッとしたアルフレッドは頭を振り、憂鬱な回想を打ち切ってメニュー選びに意識を戻した。

◆

「本当に迷うな……」

いっそ、まだやっている朝食限定メニューも考えたが……。

「ダメだ！　逃げちゃダメだ！」

決められないから選択肢の外に逃げる。そんなのは邪道だ！

渋々嫌々でやっているけれど、アルフレッドはこれでも勇者。決断できないから、強敵だからという理由で、目の前の状況から逃げてはいけない。

逃げていいのはお姫様《クソヤロウ》の機嫌が悪い時だけだ。

「ここで退路として選んでは、朝食メニューにも失礼というもの……だが、ならばどうすれば……!?」

額を押さえ、アルフレッドは呻《うめ》いた。

アルフレッドが頭を抱えていると、眼光の鋭い老人が入店してきた。

一見して只者《ただもの》ではない老人は、対面の席に座ってメニューを一瞥《いちべつ》する。

「ふむ」

そしてそのまま店員に、流れるように注文を告げた。

「牛丼並のおしんこセット。それと、生卵な」

「はい、お待ちくださーい」

「おお……！」

何気なく見ていたアルフレッドは、思わず感嘆の声を漏らした。

座るなり、一瞬で決断してサラッと注文。

最低限にして、必要十分なやり取り。わずかな無駄もためらいもない。

そのさりげないダンディな立ち居振る舞いに、いまだ大人といえない年齢のアルフレッドはシビれてしまう。

(何あれ!?　すごくカッコいい！)

牛丼屋の常連たる者、かくありたい。ダンディズム溢《あふ》れる振る舞いにアルフレッドが感心して見惚《みと》れていると、彼の視線に気づいた老人と目が合った。

異郷の若者の苦悩を、手に持ったままのメニューで察したのだろう。

「お若《わけ》えの」

ニヤリと一癖ある渋い笑みを見せた老人は、アルフレッドを見据えてぴしりと言い放った。

「目で選ぶんじゃねえ、腹に訊《き》け」

「は、腹に……？」

「理屈ばっかり捏《こ》ね回していたら、いつになっても決まらねえよ。直感で選ぶんだ」

「……はっ、はいっ！」


（そうか……そのとおりだ）

アルフレッドは目から鱗《うろこ》が落ちた思いがした。

冒険はしたくないとか、栄養をつけねばとか……そんな理屈はどうでもいい。


今、アルフレッドが何を食べたいのか。

ただその一点だけを、本能に従って選べばよかったのだ！


老人の言葉は、アルフレッドの胸にすとんと落ちた。

思えば昨日、道の選択を聞かれた時も……他人の反応なんか気にせず、自分で吟味して自分で納得した道を行けばよかったのかもしれない。

詰め寄られて焦って、二人の顔色ばかり見ていた気がする。肝心のどのルートの道が正しいのか、自分はちゃんと考えられていなかったのではないか……？

さっきから唸《うな》りっぱなしの腹を意識し、アルフレッドは新鮮な気持ちでメニューを見直す。

久し振りの牛丼。何をどうしたいのか、自分でも分からない。

――ならば、原点に立ち返るべきではないのか？

文字どおり、アルフレッドは腹が決まった。

「よし、牛丼特盛をプレーンで……そこに滋養をプラスで、生卵にしよう！」

アルフレッドは老人の助言に心の中で感謝しながら店員を呼び、自信をもって「牛丼特盛、ギョク付きで！」と注文を出した。

◆

届いた牛丼はじつに素晴らしい薫りを放っていた。

肉の脂と、アルフレッドの世界にはない醤油《しょうゆ》。この二つにさらに何か、彼の知らない調味料が入り混じった複雑な匂いが食欲を高めてくれる。

そこへ溶き卵！　これをかければ、甘く柔らかくも一段とコクを増した味わいに……。

と想像をたくましくしながら卵の小鉢へ手を伸ばしたアルフレッドは、ふと向かいの老人がずいぶんざっくりと卵を割っているのを発見した。

「むっ？」

小鉢に割り落とした生卵を箸先で二、三回軽くかき回しただけで、ドンブリに流している。

（あれでは、全然卵が混ざっていないのでは……？）

黄身ばかりの場所と白身ばかりの場所ができてしまう。卵料理を作る時、色が一つになるまできちんと混ぜ合わせるのは鉄則だ。

アルフレッドは思わず老人に声をかけた。

「あの……それでは卵が、場所によって濃さが違ってしまうのでは？」

だが、アルフレッドに指摘された老人は泰然として揺るがなかった。

不躾《ぶしつけ》に意見を述べた若者に対し、老人は予期していたかのような余裕を見せてニヒルに微笑《ほほえ》む。

「だからこそ、場所によって味の違いが楽しめるのよ」


「……なんと！」

考えてもみなかった返答に、アルフレッドは思わず息を呑《の》んだ。

一つの料理には一つの味しかない、彼はそう思い込んでいた。

だがこの老人は、一皿のうちに味の違いをつけるのだと言う……。


なんという深謀遠慮《しんぼうえんりょ》。

（……間違いない。この御方は、きっとこの世界の賢者に違いない）

アルフレッドは思わず固唾《かたず》をのみ、ギョク入りの真理を伝えてくれた老人が美味そうに牛丼を掻《か》き込むのをただただ眺めたのだった。

◆

（……おっと、俺もぼんやり見ている場合じゃないぞ！）

老人が勢いよく食い終わるのを思わず見守ってしまったが、腹が減っているのはアルフレッドも人後に落ちない。

我に返ったアルフレッドは、慌ててドンブリに手を伸ばした。言われたとおりに卵をザックリとかき回し、牛丼の表面にまんべんなく回しかける。

「よしっ！」

卵でコーティングされてつやつやと輝く、茶色く煮込まれた牛肉と葱《ねぎ》。その薫りと見た目に、もうアルフレッドの食欲も暴走寸前だ。

「うむ、完璧だ！」

勇者はその神々しい姿に喉を鳴らし、箸を手に持った。

……が。

「まさか……ここで⁉」

手に持とうとしたドンブリの、その向こう。

箸入れの側面に入った、〝もう一品いかがですか？〟の広告。そこに描かれた見慣れた商品は……。

〝ビール（三百五十ミリリットル缶）　三百円〟

「牛丼を食べながら、ビールを……!?」

考えたヤツは、天才か!?

本日二度目の天啓に、直感が大事だと教わったアルフレッドが従わない道理はない。

（もしや『牛丼屋にはビールを置け』と、この世界の誰かが神託を受けたのかもしれないな）

そんなことを考えながら、アルフレッドはいそいそと店員に向かって手を挙げた。

【勇者の事情】第２話 **疲れ果てた勇者、神に祈る**

"勇者"。

世界に二人といない、この肩書は重い。

身に過ぎた名誉を受けるのがどれほど大変か……それは初心者のアルフレッドにも容易に予想がついたので、神託の儀式の時に覚悟を決めたつもりだった。

しかし。そんな決意なんて、現実の前にはまだまだ生ぬるすぎたと……彼は今、事あるごとに思い知らされていた。

魔王討伐の任務よりも、主に人間関係で。

◆

王宮をトボトボ歩くアルフレッドの足取りは、今をときめく英雄のものとは思えないほどに弱々しかった。

勇者任命から一ヶ月。彼は今、とにかく人前に出るのがつらい。

YUSHA WA
HITORI,
NIPPON DE

人が近くにいないのを確認し、アルフレッドはためていた息をついた。なかなか表に出せないボヤキも一緒に流れ出る。

「みんな、表立っては『勇者だ』『勇者だ』ってチヤホヤしてくれるけどさ……」

でも悲しいかな、貴族社会で一番下っ端のアルフレッドには分かってしまう。そんなうわべの態度なんか、まったく信用できないって。

「いくら外面を取り繕ったって分かるんだよなあ。あいつらが本心ではどう思ってるのか」

立場の弱いアルフレッド《弱小貴族》たちは、常日頃からお偉いさんの機嫌を損ねないように顔色ばかりうかがっている。口調が丁寧でも相手を見下しているのが、態度の端々から感じ取れるのだ。

高位貴族も廷臣も、どいつもこいつも神様の御指名だからと敬意を払っているふりをしているだけだ。アルフレッドの家柄が低いうえに、戦う技能も足りていないのは誰でも知っている。この勇者に本当に期待している者なんか、宮中にはまったくいない。

好意的な人間がいない中での、勇者としてのスタート。気が滅《め》入《い》らないはずがない。


まあ、お偉いさんに馬鹿《ばか》にされるのは慣れている。それより問題は〝非協力〟だ。

「聞こえよがしに嫌味を言ってくる連中なんかはまだかわいいよな。表立っては何も言わないけど、協力してくれない奴《やつ》らが本当に困る……」

特に騎士団。武芸に劣るアルフレッドが魔王軍と戦うには、剣術などを一から学ばないとならない。だけど専門家である彼らがなんだかんだ理屈をつけて、その特訓に付き合ってくれないときた。

「気持ちは分からないでもないけどな……」

自分たちの中から選ばれるだろうと期待していたら、勇者に選ばれたのは見たこともない貴族のボンボン。しかも武術の腕はからっきし。そりゃあ立場的に、彼らはおもしろくないだろう。

指名したのが神様でなければ、きっと「不公正な縁故採用だ！」と不満が爆発していたに違いない。

だけどアルフレッドだって、なりたくてなったわけじゃないのに……。


アルフレッドの特訓の件は、ともに聖女に選ばれた姫様のおかげで一応解決した。姫の護衛を務めるエリート騎士が、姫の命でアルフレッドを指導してくれることになったのだ。

彼女は姫に絶対の忠誠を捧《ささ》げている堅物《かたぶつ》で、勇者だの出世だのには興味がないらしい。嫉妬でアルフレッドに当たり散らしたりはしないので、師事することになったアルフレッドはホッとした。これは姫様に、本当に感謝しなければならない。

……のだけれど。

◆

「おいアルフレッド」

勇者の立場に頭を悩ませていたら、稽古場で待っているはずの教育係に声をかけられた。

「あ、バーバラ……さん」

ミリア姫の護衛騎士バーバラ。

キリッとした佇《たたず》まいの長身の美女で、常に険しい顔をしていてニコリともしない。別に相手がアルフレッドだからではなく、生真面目な性格で誰に対しても基本塩対応だ。

彼女は騎士団の若手の中でも秀才として知られ、歳若くして小隊長格へ昇進している。主《あるじ》のミリア姫とは別方向に才も華もあり、これで愛想がよかったら宮中でもモテモテだろうに……なんてアルフレッドは思ってしまう。

それだけの有名人だから、モブ代表みたいなアルフレッドは彼女とも今までまったく接点はない。ミリア姫の後ろに立っている姿は何度も見かけたことがあるが、まさか自分が彼女から剣を習うことになるとは思ってもみなかった。

「バーバラでいいと言ったであろう」

「あ、そうでした。すみません……」

慌てて謝るアルフレッドを、堅物の騎士はじろっと睨《にら》んだ。

「それで……貴様は今ここで、何をしている」

「え？　あの、剣を習いにそちらへ伺《うかが》うところだったんですが……」

「ふむ、忘れてはいなかったようだな」

そう言いつつも、アルフレッドを睨むバーバラの視線はなぜかさらに鋭いものになる。彼女が不機嫌な理由が分からない新人勇者は、怖くて背筋が凍りつきそうだ。

「それでだな、アルフレッド」

「は、はいっ……あ、あの、俺が何か？」

「今から剣の稽古をしようというのに……なんだ、貴様のそのちんたらした歩き方は」

「え？　そ、そうですか？」

足元を見回すアルフレッドに向かい、バーバラが怒り出した。

「貴公は魔王と戦わねばならないのに武芸がまるでダメで、詰め込みで特訓している最中なんだろう⁉」

「はい！」

思わず背筋を伸ばして直立不動になるアルフレッドを見る彼女の目つきは、もう人も殺せそうな恐ろしさだ。

「自分でもそれが分かっているのなら、なぜ走って稽古場に駆けつけない⁉　今は瞬《まばた》きをする時間さえ惜しいはずではないのか⁉」

「あ⁉　す、すみません！」

どうやら来るのが遅いと探しにきていたらしい。慌てて謝るアルフレッドに、彼女は木剣を突きつけた。

「まったく……貴様はまず、その危機感の足りないところから叩《たた》き直す必要がある！」

「あ、はあ……」

アルフレッドの顔が引きつった。彼女、教え方がとんでもなく厳しいのだ。

（これはマズいところを見られたぞ……）

そう思って内心ため息をつくアルフレッドへ、バーバラは……。

「まずは気合を入れるために、王宮の周りを全力疾走で十周してこい！　メニューも増やす！　剣を合わせての型稽古の前に、打ち込み千本やるぞ！」

「ええ!?　ちょ、それは……！」

言われた運動量を脳内で目算して、アルフレッドは青くなった。

武芸素人のアルフレッドにも分かる。

それ、ハードを通り越して無茶なヤツ。

「そんなのムリですよ!?」

「やる前からあきらめるな！　アルフレッド。貴様は剣の腕前を磨く前に、まずはやる気と体力を磨かなければダメだ！」

「は、はあ……」

「短期間で剣を上達させるために、最も重視すべき点は何か……分かるか？」

「え？　いえ。何ですか？」

「気合と根性だ」

気合と、根性。

「……それ、技術がどうのというよりただの精神論では？」

「やる前からあれこれ理屈をこねるんじゃない！　まずはつべこべ言わず、教えられたとおりに基本を覚えろ！　己《おのれ》で工夫をするのはそれからだ！　ほら、走れ！」

「えっ!?　うわぁぁぁぁ!?」

バーバラが振り回す木剣に追い立てられ、アルフレッドは悲鳴を上げながら稽古場めがけてダッシュした。

じつはバーバラが脳筋すぎて、過去に騎士団の新人教育係を解任された経歴の持ち主とアルフレッドが知るのは……もう少し後のことになる。

◆

ヨロヨロしながら自宅に帰ってきたアルフレッドは、部屋に入るなりベッドに倒れ込んだ。

「死ぬ……明日からは毎日夜明けに集合って……どれだけやるつもりなんだ、あの人は……」

あの教育係《バーバラさん》、いくらなんでも常時全力すぎやしないか。

王宮へ参内することはアルフレッドにとって、今や完全に地獄行きと同義語だ。

アルフレッドが勇者なことを気に食わない連中からの精神攻撃《ねちねち》に、鬼教官バーバラの理屈を超越したとんでもないしごき。

勇者は身体《からだ》も心も、もうボロボロだ。

「これは……キツすぎだろ……」

このままでは魔王退治に出かける前に、準備段階で壊れてしまう。

◆

「そういえば……」

仰向けに寝返りを打ったアルフレッドは、バーバラ《教育係》のついでにミリア姫のことも思い出した。

「姫様もなぁ……」

ウラガン王国での立場が天と地ほど離れているといっても、これからはミリア姫と魔王討伐の旅をともにする仲間になる。恐れ多いなどと言っている場合ではない。

なので戦友として親睦を深めねばと、アルフレッドもお近づきになる努力をするつもりだった。

――つ、つ、つ、つもりだったのだ。

でも現実は。

「うあああああ……」

思い出すだけで、気が小さいアルフレッドは憂鬱になる。

——どうもアルフレッド、姫に嫌われているらしい。

これからよろしくと姫に挨拶に伺ったら、いきなり軽蔑しきった目付きで
『大した用事もないのに、いちいちご機嫌取りに来ないでくださる？』

と一発かまされてしまった。

その態度の冷たさときたら……。

「ぐおおおおっ⁉」

思い出すだけで小心者のアルフレッドは、胃をギュッと掴《つか》まれたような激痛を感じて呻《うめ》いてしまう。

あの姫様、世間の評判と大違いだ。

「〝穏やかで偉ぶらず、人のできた親しみやすいお方〟って聞いてたんだけどな……実物は態度悪いし、すごいキツい性格じゃないか。噂《うわさ》って、全然アテにならないな」

確かに宮中で見かけた時、周りの取り巻きには丁寧に接しているように見えた。でも今考えれば、あれは彼らが高位貴族の子弟ばかりだったからだろう。

「ま、姫の周りを囲めるようヤツはイケメンエリートだけだからな。俺みたいな名ばかり貴族じゃ、愛想を振りまく価値もないんだろうな」

国民にも人気の姫の裏の顔を見てしまって、アルフレッドは余計にやる気がなくなった。

◆

ベッドに寝っ転がっていると、カーテンを開けたままの窓から綺麗《きれい》な満月が見える。

それにしばらく見惚《みと》れていたアルフレッドは、ぽつりとつぶやいた。

「――神様、勇者を誰かもっと向いているヤツに替えてくれないかな」

あの堅物のバーバラ先生あたりに聞かれたら激怒されそうだけど、それがアルフレッドの偽らざる本音だ。

もしくは……。

「せめて、この地獄みたいな毎日からたまには抜け出したい……神様、どこかでゆっくり休める日を作ってくれないかな。じゃないと俺、もうもたんぞ……」

これは夜空に向かってこぼした独り言。

誰かに聞こえるだなんて思ってもいなかった、ただの愚痴だったのだけど。

不意に、頭の中に——明らかに耳からでなく、直接頭の中に覚えのない声が響いた。

『よろしい。その願い、聞き届けてあげましょう』

「え？」

アルフレッドはいきなり、視界を圧する光に包まれた。

同時刻。

新たな神託が、神殿の祭壇に現れた。

第3話 勇者、ジャンクフードで苛立ちを紛らわす

疲労の濃い顔で、アルフレッドはニッポンの街をさまよっていた。

「あー、姫様ったら……なんでああ、わがまま放題でヒステリックなんだかなぁ」

今日はいつにも増して機嫌が悪かった聖女《ミリア姫》に当たり散らされ、立場の弱い勇者《下っ端》はいつも以上に疲れ果てていた。

アルフレッドの家は男爵家、貴族として最底辺だ。しかもまだ当主でもない。国王の一人娘のミリア姫のほうが、圧倒的に立場が上。

そんな彼女に今日は珍しく意見を求められた。

「ねえアルフレッド。来週のガーデンパーティに、このグリーンのドレスなんかどうかしら」

自分の身体《からだ》にドレスを当てながら姿見を覗《のぞ》き込むミリア姫は、後ろでボケっと立っているアルフレッドに尋ねた。

イマイチ貴族の素養が足りない勇者ではあるが、この場にいる男は今コイツだけ。ちょっと男性からの見え方が気になったミリアは、一応アルフレッドに意見を聞いてやる気になった。

……のだったが。


聞かれたほうは、ちゃんと話を聞いていなかった。

(鴨《かも》の飼料がもう切れるんだよなー……帰りに問屋で注文しとかないとな)

久しぶりに都へ帰ってきてさっそく姫の私用に駆り出された雑用係《アルフレッド》は、ミリア姫が衣装合わせをしている後ろでぼんやり内職《副業》の段取りを考えていた。

最近なぜか都に帰ってきても、そのまま王宮に連れてこられてこき使われている。

便利な下僕《バシリ》だと姫に思われているのかもしれないが、正直勘弁してほしい。貧乏な男爵家に使用人は少ない。自分で片付けねばならない仕事を、この機会に済ませておきたいのに。

そんなことをつらつら考えていたら、横に立っている女騎士《バーバラ》にいきなり肘でつつかれた。

(なんだ?)

横目でチラ見すると、焦ったような顔で「何か」を促している。

(どうしたんだ、コイツ?)

姫がキレているわけでもあるまいに……と思って前を見たら、姫がキレていた。


さっきまでご機嫌だったお姫様が、かなりイラついた顔でアルフレッドを睨《にら》んでいる。

(うん。どう見ても、俺が原因のようだな)

妙に冷静にそんなことを考えてしまったけど、もちろん他人事《ひとごと》ではない。

何をやらかしたか分からない《話を聞いていなかった》アルフレッドが内心アタフタしていたら、ふつふつと沸き上がる怒りを滲《にじ》ませた声でミリアがもう一度用件を繰り返した。

「来週のガーデンパーティに、このグリーンのドレスなんかどうかって聞いたのよ」

妙に平坦《へいたん》な物言いが、かなり怖い。

(なんで俺が聞いていない時に限って、俺に聞いたりするんだよ!?)

そんなことを今さら言っても、お偉いさん《お姫様》の前で気を抜いた迂闊《うかつ》なアルフレッドが悪いのだが。

とにかく何か、気の利いたことを言わないといけない。今すぐ、ただちに。

必死に考えたアルフレッドはわずか数秒のあいだに、かろうじて脳裏に引っかかっていた記憶を繋《つな》ぎ足して感想を捻《ひね》りだした。

「さ、昨年の祝宴でポーリー伯爵夫人が着ていたドレスに似てますね《それって流行遅れでオバサン趣味のパクリですか》！」

アルフレッドが口に出した途端に、視界の端でビクビクしていた騎士《バーバラ》が手で顔を覆ったのがチラっと見えて……。

誰かが何かを言わなくとも。

鈍感なアルフレッドでも、この時ばかりは理解できた。

あっ……俺、やらかしたわ。


そこから始まる激怒した姫様の罵声は、いったい何時間続いたのか分からない。

王国貴族として、姫の側近として、常在戦場の勇者として、一人の男性として。

年頃の乙女に対する思いやりと気遣いと目配りのなさをさんざんにこき下ろされ、厳しくダメ出しをくらって……。

（そんなに言わなくてもいいのに……）

などと思いながらも、まさか姫に楯突《たてつ》くわけにもいかず。

基本は楽天的なアルフレッドも、そんなわけで、今日は叱られ過ぎて落ち込んでいるのだった。


ちなみに一部始終を見ていたバーバラに言わせれば、むしろ泣きながらふて寝したミリアのほうが心の傷は深いのだが……それは部屋を叩《たた》き出されたアルフレッドのあずかり知らない話である。

◆

「いかん、いかん！」

アルフレッドは顔を上げて両手で自分の頬をパンパン叩いた。

「もうニッポンに来てるのに、いつまでも引きずっているんじゃない！」

週に一度の楽しい異世界行き《ゴートゥージャパン》。こっちに来てまでクヨクヨしていたら、せっかくの休日が台無しになる。


飲むのだ。

嫌なことはすべて忘れて、今はただ美味《うま》いニッポンの酒を飲むのだ！


そこまで考えたところで、アルフレッドはこの後のことを考えた。

「今日はどうしようかな……」

気持ちは切り替えたけど、散々罵倒されて腹の底に溜《た》まったムカムカは収まっていない。収まるはずもない。

「こんな気分で深酒したら、間違いなく路上で朝日を拝んでしまうな……」

今日のアルフレッドは、飲み始めれば間違いなく深酒をすると確信している。

「美味《おい》しい店で泥酔しながらくだを巻くのも申しわけない……だけど、店がダメならどこで飲むか……」


酒は飲みたし、場所はなし。

もちろん飲まないなんて選択肢はない。

「居酒屋以外に飲める場所なぁ……」

考えがまとまらず言葉を切ったアルフレッドの視線が宙をさまよい……すぐそばで煌々《こうこう》と灯《あか》りを放つ巨大な店に吸い寄せられた。

「あれは、確か……」

〝スーパーマーケット〟とかいう店。

「確か、ニッポン人が市場の代わりに食材を買いにいくところだよな？　ニッポンでも夕食なんか、とっくに終わっている時間だろうに……それでもこんな夜中まで、まだ営業しているのか。ビックリだ」

日が暮れる前にすべての店が閉まる（飲み屋除く）世界から来ているアルフレッドにとって、こんな深夜《夜八時》まで食料品の店が開いているのは驚きでしかない。

「……そうか。食料品が売っているなら、酒もあるかもしれないな」

◆

「うぉっ、ここは！」

まるで灯火に誘われる虫のようにふらふら足を踏み入れたアルフレッドは、初めて入ったスーパーマーケットの明るい店内に驚嘆した。

「すごい明るさだ。まるで夏の真っ昼間のようじゃないか！」

外から見て予想はついたが、それにしても異世界人のアルフレッドには眩《まぶ》しすぎる。

「いくらニッポン世界はどこでも明るいといっても、この店は別格だな……ホテルや居酒屋とは比べ物にならないぞ⁉」

異世界《ニッポン》のイメージの基準がホテルと居酒屋な勇者、アルフレッド。

初めはとにかく広さと明るさに戸惑っていたアルフレッドだったが、慣れてくるに従って品揃《しなぞろ》えのほうが気になり始めた。

「ほう……市場には詳しくないが、見る限り生活に必要な物は全部ここで揃うんじゃないか？」

ウラガン王国の都では、買い物をする場所はだいたい露店の市場だ。

広場に屋台のような仮設の店が立ち並んでいて、食料や生活用品はそこで買い集める。それ以外の道具類となると工房が立ち並ぶ職人街へ足を運び、手頃な物を探すことになる。

だがこの店には食料は言わずもがな、調理器具や食器類まで揃っていた。

「こんな深夜に何でも買えるとは、ニッポンはやっぱりすごいな」

想像を超える便利さに驚嘆していたアルフレッドだが、自分の用事を思い出した。ここに入った目的は、観光でも日用雑貨の買い出しでもない。

「そうだった、のんきに見物している場合じゃなかった」

買いにきたのは酒と肴《さかな》だ。のんびり見物していても仕方ない。

酒とツマミ。

その二つを手に入れるため、アルフレッドは店内を見回しながらまた歩き始め……途方に暮れた。

「俺はどこで、何を買ったらいいいんだ？」

この店、広すぎる。

アルフレッドの知ってる市場が、丸ごとスポッと収まりそうな広大な屋内空間が広がっている。初めて入ってみた異世界人には、売り場がさっぱり把握できない。

「酒は絶対売っているだろうが……ツマミになるようなものは何があるんだろう？　居酒屋で出てくるようなものは期待できないよな？　煎り豆や干し肉とかはどうだ？」

人影のまばらなバカ明るい通路を見回し、アルフレッドは不安になった。

（こんな綺麗《きれい》で大きな店に、ウラガン王国《アルフレッドの世界》で出てくるような貧相なツマミが……あるのか？）

◆

カップ麺を品出ししていた副店長は、所在無げに通路にたたずむ外国人客を発見した。ベテランの彼の勘に、ピンとくるものがある。

「おっと、あの顔は……」

探している物が見つからないと見た《ちょうどいいカモ発見》！

副店長は売り場の御案内が好きだ。

迷っているお客様をスムーズに売り場へ誘導し、漠然としたイメージにピタリと合う商品を探し出し、ついでに本人が欲しがっている以外の物まで押し付けるのが大好きだ。不要不急の商品までカゴに入れさせるのに成功すると、内心でガッツポーズを取りたくなる。

（これは直ちに、お客様をアシストせねば！）

副店長は困っているお客様《迷子の仔猫ちゃん》をサポートするべく、素早く愛想よく相手の視界へと滑り込んだ。

◆

「何かお探しですかぁ、おっきゃくさまぁ！」

アルフレッドが探し疲れていたら、妙に愛想のいい中年男がいきなり目の前に現れた。制服を着ているから店員なのだろう。

その有無を言わさぬ営業スマイルに、アルフレッドは思わず頷《うなず》いてしまった。

「あ、ああ……酒とツマミを少々買いたいと思ったのだが……」

「なるほど！　お酒はどのような物を？」

「あ、いや、特には……今日は居酒屋ではなくて、帰って飲もうかと……」

「わっかりましたぁ！　宅飲みの準備でご来店ですね！」

「え？　たく……なんだって？」

なんだか聞き慣れない単語が出てきたが、しゃべりまくる店員は落ち着いて聞き返す隙を与えてくれない。

「運がいいですね、お客様！　じつはちょうど今日、今季の新作酎ハイが入荷したところだったんですよ！　冷やしたのもありますので、帰ってすぐにお飲みになれますよ！」

「あ、ああ……そう？」

「んんー、居酒屋飲みとはまた趣向を変えたいとすると……」

「いや、そこまでは言ってないのだが……」

「よしっ！　それではこの道二十年の私がお勧めする、居酒屋ではまず出てこない厳選おつまみをざっと見ながらアルコールコーナーへ参りましょう！　あっ、そうだ！　そろそろ見切りの時間ですし、お総菜コーナーもチェックしましょうかね！」

「あ、いや、あの」

「ささささ、餅は餅屋、スーパーなら店員の私にお任せください！」

勇者はやたらと押しが強いオッサンに迫力負けし、背中を押されるように歩き出した。

◆

カプセルホテルの狭い個室へ、アルフレッドは大きな袋を抱えて入った。

「いやいやいやいや！　スーパーとかいう店はあんなに安いのか！」

存在は知っていたけど、自分の世界の市場みたいに食材ばかり売っていると思っていた。ニッポンで料理なんかしないから利用しなかったが、実際に入ってみたら。

「そのまま飲み食いできる物も大量にあるじゃないか。あんなに便利な店だとは知らなかったな」

初体験で浮かれて、ついつい買いすぎてしまった気がする。

「だけどそれでも、居酒屋で飲むよりは安い！　これはいいぞ！」

そこ、大事。


もちろん居酒屋だっていい。

作り立ての料理と、最適の温度で出される酒。

これは何物にも代えがたいが……。

「今日みたいに荒れそうな酒の時は、こういう粗雑な宴《うたげ》もいい気がするな」

店で構えて飲む最高の酒と、戦場で一時の休息で飲む酒は違っていいと思う。

アルフレッドはほぼ寝台しかないカプセルホテルの個室であぐらをかくと、狭い卓と膝周りの布団の上に〝戦利品〟を並べた。

まずは簡単なパックに入ったもの。

ポテトフライ、焼き鳥串盛り合わせ、タコの唐揚げ、枝豆（大盛）。この辺りは調理済みの「ソウザイ」ジャンルだ。

そして飲むのが好きだと言う店員にお勧めされたのが。

「ポテトチップス、コンビーフ、歌舞伎揚げに粗挽《あらび》きソーセージ……こいつらは居酒屋で見たことがない連中だな。値段もわりと安いし、どんな味だか気になるじゃないか」

〝初めて〟は楽しい。

未知の味わいを想像するとなんだかウキウキしてきて、アルフレッドは気分が上向きになってきた。

もちろん酒も手抜かりはない。

どれもこれも酒が進む肴だというので、ビールは五百ミリの六本パックで用意。

店員がお勧めだという、サワーとかいうのも何種類か押さえてきた。ふだん空けるジョッキの数と大きさを考えれば、十分な量だと思う。

アルフレッドは目の前を埋め尽くす頼もしき〝戦友〟たちを満足して見回した。

「すばらしい布陣だ……うちのパーティなんか、メじゃないぞ！」

このメンツ、やる気の怪しいうちの連中よりはるかに強そうだ。

何より彼らはアルフレッドの味方だ。

一緒に組むなら、フレンドリーな奴《やつ》らに限る。

知らず知らず掌をこすりあわせ、アルフレッドは力強く頷《うなず》いた。

戦闘準備は万端整っている。

後は。

「決戦の時は来た……いざ！」

手を伸ばすのみ！

◆

まずはのどを潤そうと、アルフレッドはレモンサワーを手に取る。

酔ってしまう前に初顔合わせは済ませておきたい。もしかしたら長い付き合いになるかもしれないのだから。

「んんん!?」

こういうヤツか！

グビリとやって得心した。柑橘《かんきつ》系の爽やかな香りと炭酸の刺激が心地よい。フルーツと見て身構えたが、甘くないのがまたいい感じだ。

「甘くないから、焼き鳥のタレ味によく合うな」

モモとレバーをいった後、ふと思いついてポテトフライ串に変えてみたらこれも合う。

あっというまにレモンサワーは消えた。


次は巨峰サワーを開ける。

「コイツはまた、甘いな！」

巨峰はブドウの一種らしいが、濃い薫りと深い甘みにシュワシュワ刺激を感じる飲み口がよく合っている。

酒がコイツならば、次は。

「塩気が強いと聞いたが……俺の世界の塩漬け肉ほどじゃないな」

コンビーフとかいう揉《も》みほぐされた肉。

保存食品だというが、便利な〝缶詰〟という容器に入っているので柔らかくジューシーなままだ。

固い板みたいな干し肉に慣れているアルフレッドには、これなら十分新鮮に感じる。一度ほぐしてまとめてある肉は舐《な》めれば溶け、ねっとりした脂が余韻を引く。

「これでも、十分にうまいが……」

お勧めに従って一緒に買ってきた、マヨネーズをほぐし身にかけてみた。

こわごわスプーンで口に運んでみれば……。

「味わいがさらに、豊かになるだと……！」

塩気と酸っぱい香り、卵のような旨味《うまみ》がプラスされて……コンビーフのコクが一段と上がった！

巨峰は一息。これだけではまるで飲み足りない！

我慢しきれず缶ビールも開け、ちびちび食べたコンビーフ一缶で缶ビールを二本も飲んでしまった。


どうせビールを出したならと、絶対合う枝豆、唐揚げを開ける。

「定番のなんと間違いのない美味さよ……！」

居酒屋の出来立てに比べれば落ちるとはいえ、枝豆も唐揚げもやはり美味かった。

食い千切るように前歯でしごいた莢《さや》から、まだ若い緑の豆が口内に転がり出てくる。塩の味しかついていないただの豆なのに、なぜこんなにビールに合うのか。

唐揚げも揚げ立てではないので、熱い肉汁ほとばしるザクリという食感は楽しめないが……冷めてしっとりした鶏肉も沁《し》み込んだ下味が感じられて、コレはコレで美味と言える。


これだけ一気に空けて、だいぶ心に余裕ができた。

「よし、コイツも初めてだったな……」

アルフレッドは味を確かめようと、歌舞伎揚げとかいう物にも手を出した。

「これも居酒屋ではまったく見ない食い物だが……」

茶色いデコボコしたクッキー？　に歯を立てれば、カリッという音とともに簡単に砕けて口中に広がり……。

「甘くてしょっぱい!?　なんだ、この味は……カリッカリの食感もおもしろいな！」

醤油《しょうゆ》？　なのだろうか？

味はかなり濃い。その舌に残る甘みと塩気がなんとも言えなくて……。

「いかん、これは止まらなくなる！」

せっかくなので、粗挽きソーセージも開ける。

「粗挽き……なるほど、粗挽きか。わざと赤身と脂身が粒で残るようにソーセージを作るとは!?　これ、パンや芋にも合うんじゃないか……？」

この二つで残りのビールが消えた。

そして最後に残った物同士、ポテトチップスとホワイトサワーも言うまでもない。

◆

「宅飲みとやらも、悪くないな……」

たっぷり飲んだけど、会計は四千円いかない。ソウザイが半額だったのがよかったかもしれない。

酒を十本ぐらい飲んだのにコレは、かなり安い。

「そして、酔ってしまっても」

アルフレッドは満ち足りた気持ちでその場にひっくり返った。カプセルは床一面が寝台なので、仰向けに倒れた彼の身体は柔らかく布団に受け止められる。

もちろんこのまま寝てしまっても差し支えない。ここは宿屋の自分の部屋なのだから。

アルフレッドはいつの間にか軽くなった気持ちで天井を見上げる。電気とやらのおかげで、白い天井は非常に明るい。

「コンビーフと缶ビールは持って帰りたい……」

こんな携帯食料が自分の世界にあったら、魔王討伐の旅もだいぶ楽になるのに。

そんな叶《かな》わぬ夢を脳裏に描きながら……寝転んだアルフレッドは、すぐに寝息を立て始めた。

初めてのニッポン

大通りを埋め尽くす馬車の群れは、馬車なのに馬が曳《ひ》いていなかった。しかもなんの動物も繋《つな》がれていないのに、騎兵の全力疾走より速く走り去っていく。街を照らす灯《あか》りは王宮のシャンデリアより眩《まぶ》しく、それにすべての建物が灯っているので街が昼のように明るい。


店頭に山のように積まれた商品も。

道行く人の服装も。

アルフレッドが生まれてこのかた、見たことのないものばかり……逆に覚えがあるものは、視界の中に一つもない。


外壁がすべてガラス張りの巨大な建物や、隅々まで舗装されて土がまったく見えない道路。天まで届きそうな塔ばかりが建ち並ぶ街並みに、もう夜なのに昼間の市場よりもたくさんの人々が歩き回っている。異国どころの話ではない。

誰に聞くまでもなく、アルフレッドは自分のいる場所がどこであるかを悟った。

「ここは……異世界だ！」

まあ、先に神様から教えてもらっていたんだけど。

◆

アルフレッドは疲れ果てていた。

勇者指名の神託が彼に下されてから、正直ロクなことがない。

いきなり転がり込んだ幸運《神託》を妬《ねた》むやっかみと、教育係《バーバラ》の猛烈なしごき。ともに魔王に立ち向かう聖女《ミリア》との関係も絶望的で、そもそも武術がからっきしな彼は魔王と戦う術《すべ》など持っていない。

「勇者になんか、好きでなったわけじゃない！」

そう叫びたいけど、まさか人前で口に出せるはずもなく。

八方ふさがりで神経ばかり磨り減る毎日に、アルフレッドが思わず漏らした〝休みが欲しい〟という願い。単なる愚痴だったそれは、なんと神の元に届いていた——。

◆

自宅のベッドに転がっていたはずのアルフレッドは、気がついたら見たことがない空間に立っていた。周りには何もなく、ここが広いのか狭いのかも分からない。

「これは……」

わけが分からず絶句するアルフレッドの頭の中に、厳《おごそ》かな声が響いてきた。

『勇者アルフレッドよ』

「え!?」

『おまえの願い、聞き届けよう』

「あの、ソレって……」

人に非《あら》ざる者にズバッと言われ、アルフレッドは怖《おそ》れおののき……問い返した。

「なんのことですかね?」

『直前に己《おのれ》が口走ったことぐらい、ちゃんと覚えておきなさい』

相手が神と分かり慌ててひざまずいた勇者に、至高の存在は優しく語りかけた。

『今、おまえの置かれている境遇は確かに大変であろう』

「ははっ、もったいなきお言葉!」

『その苦難の代わりにおまえの願いどおり、七日に一度、ちょうど一日《二十四時間》を必ず休めるようにしてやろう。そのあいだに必要な資金も、衣服とともに用意してやる。おまえは誰も知らぬ場所で気兼ねなく、存分に英気を養ってくるとよい』

「なんと……ご配慮ありがとうございます！」

アルフレッドの立場を不憫《ふびん》に思った神が、彼のためにみずから休日を用意してくれるという。あまりのありがたさに、それほど熱心な信徒でないアルフレッドも自然と頭が下がった。

――と同時に身の程知らずな注文をつけるのも忘れない。これがアルフレッド。

「でもどうせ叶《かな》えてくれるなら、勇者を他の人に替えるほうでもいいんですけど」

『では、ゆっくりニッポンという異世界を楽しんでくると良い』

「神様？　別の人を勇者にするほうの願いでもいいんですけど！」

『さらばだ勇者よ。またの機会に会おう』

「あのー、俺としては交代のほうがぁ……あっ!?　待って！」

神から納得のいく回答をもらえないまま、勇者アルフレッドの視界は暗転した。

◆

そして今に至る。

「……そういえば神様、休みは丸一日と言ってたな」

ここでぼんやり突っ立っていても、大事な時間は過ぎ去るということだ。

「何かしないともったいないよな。何をして過ごそう」

貴重な休みだ。慌ててアルフレッドは歩き出し……すぐに立ち止まった。

「どうしよう。何かしたいんだけど……」


何をしたらいい？

◆

「…………よし」

花壇の端に座って考えをまとめていたアルフレッドは、立ち上がって尻を払った。

「まずはなんといっても、メシだ！」

王宮でバーバラ《教育係》に散々絞られて、家に帰って着替えるまもなく異世界に来た。だから夕飯を食べていない。

「夜だけどこんなに街が明るいんだ。どこかしら、まだ飯を出す店も開いてそう……異世界か。どんなものが食べられるのだろう」

異世界の美味。

想像するだけで、気分が浮き立つ。

「俺がまったく知らない料理……うわぁ、楽しみになってきた！　本当に、神様に感謝だな！」

あれこれ脳裏に思い描くが、何が食べられるかがまったく想像もできない……異世界だから。

アルフレッドは期待が膨れ上がって、どんどん空腹感が増してくる。

ただ……。

「あ、そういえば……」

晴れやかだったアルフレッドの顔が、ある問題を思い出してたちまち曇った。

「神様には感謝してもし足りないのだが……できれば、この金の使い方も教えてくれれば嬉《うれ》しかったな……」

アルフレッドは異世界風の上着のポケットから、一枚の紙を出した。さっき見つけたのだけど、きっとこれがこの世界の金なのだろう。

薄いわりにしっかりした手触りの紙には、両面に細かい精巧な模様と数字、誰だか知らないオッサンの肖像画が描いてある。王にしてはやけに貧相な顔と服装の男だが……それはこの際、どうでもいい。問題は……。

「どれほどの物が買えるんだ？　これで……」

ウラガン王国《アルフレッドの世界》と全然違うこの紙の金に、どの程度の価値があるのだろうか。

「一日分の予算として渡されたのだから、飯も食えない金額ということはないと思うんだが……」

しげしげと眺める紙には、こちらの世界の言葉でイチマンエンと書かれている。それは神の力《自動翻訳》で分かるが、具体的にこれで〝パンが何個買える〟とかが分からない。

神様のサービス、至れり尽くせりに見えて肝心のところが抜けている。


とにかくアルフレッドは街を歩いてみることにした。

「どうしようかな。どこかの店に飛び込んで、『これで食える物を出してくれ！』って言ってみるか」

そう何度も考えてはみたのだが……。

人見知りのアルフレッドは、その度胸が出てこない。

「もし『こんなはした金で食えるものがあるか!?』とか追い出されたらどうしよう」

それが怖い。見知らぬオヤジにそんな態度を取られたら、アルフレッドは泣いてしまう。

「そんな弱気じゃダメなんだけどな……バーバラにも『もっと敵に突っ込む度胸をつけろ！』って毎

日怒られてるし……そもそも、そんな俺が勇者に選ばれたのはやっぱり間違いなんじゃないか？……ああ、誰かに勇者を代わってもらえないかなぁ……」

金の使い方が分からない問題は、勇者の自尊心にまで影響してきた。

そんな時だ。

アルフレッドが運命の出会いをしたのは……。

◆

「もういっそ、今日は自分の世界に帰っちゃおうかな。珍しい異世界の街並みは見られたんだし、家の厨房《ちゅうぼう》を漁《あさ》れば何かあるだろう……ん？」

腹が減りすぎてめまいもしてきたアルフレッドが、そんな弱音を吐いていると……ふと、目の前の垂れ幕《バナー》に視線が吸い寄せられた。

「うわっ……なんて美味《うま》そうな……」

どんな染料を使ったのか、深い椀《どんぶり》に入った肉料理の絵《写真》が見事な再現度で染め抜かれている。

これがアルフレッドと、牛丼《運命の友》との出会いであった。

「まるで生き写しのようだ……よほど名のある画家が描いたのか？」

素晴らしい発色で美味《おい》しそうな茶色い肉が描かれているが……しばし見惚《みと》れていたアルフレッドは、絵の端の数字に気がついた。

「あれ？　この数字、もしや？」

慌てて手元のニッポンの金《イチマンエン》を引っ張り出す。

「この、数字の後ろに付いている字……」

〝円〟という文字が、垂れ幕の数字にも付いている。

「もしや、イチマンエンとは一万のエンということか？　だとすると、この……チーズ牛丼とやらは、六百のエン？」

つまり、〝円《エン》〟は金の単位だ。

「それなら……イチマンエンあれば、このチーズ牛丼が十六杯食える？」

アルフレッドの背筋を稲妻が走った。

慌てて周囲の店を見て、飾ってある商品の絵（食べ物限定）を見てみる。

よくよく見ればどれもこれも、三桁から四桁の数字が入っているではないか。

「なんだ……一万円あれば、ずいぶんいろんな物が食えるんじゃないか！」

不安という名の雲が晴れ、急に視野が広がった。

丸一日、二十四時間で食べるのはせいぜい三食か四食。食事だけなら二千円か三千円もあれば十分足りるだろう。

「おいおい、一万円あれば……けっこう豪遊できるんじゃないか⁉」

現金なもので、予算問題が解決すると急に心に余裕が出てきた。

見ているだけでも興味深いこの異世界《ニッポン》の異文化を、余すところなく見て回りたくなってくる。

「これだけあれば、宿もいいところに泊まれる気がするな」

街路を見ただけで、自分の世界よりもどれだけ技術が発達しているか分かる。こんな世界の宿ならきっと居心地も素晴らしいだろう。

「よし！　さっそくこの店で、牛丼とやらを食べてみよう！」

その次はどこで、何をしよう。

気持ちが前向きになれば、積極的な考えが次々浮かんでくる。

アルフレッドはさっきまで怖くて開けられなかった扉に手をかけ、ウキウキしながら未知の世界《牛丼屋》へと足を踏み入れた。

この後も券売機の使い方が分からなかったり、卓上の調味料を片っ端から舐《な》めて悶絶《もんぜつ》したりとかのトラブルはあったのだが……それらを乗り越えありついた牛丼の美味さは、そこに至るまでのあらゆる苦労を吹き飛ばしてくれた――。

◆

ニッポン《異世界》の牛丼は美味かった。

自分の部屋に無事帰還したアルフレッドは、ベッドに腰かけて楽しい休暇のあれこれを思い返した。

「あの味を思い出すと……また今すぐ食べたくなってきたな」

ウラガン王国《自分の世界》に帰ってきた以上、それは叶《かな》わない……一週間後の、次の休日までは。

そして心残りは牛丼だけではない。

「今になってみると、あれもこれも片っ端から試してみたかったな」


ニッポンはおもしろかった。

見るだけでも興味深いし、それが何かを考えるのも楽しかった。自分の知識では知らない物ばかりがある、遠いどこかにある世界。

勝手が分からずワタワタしているうちに、あっというまに休暇が終わってしまった気がする。

「牛丼も美味かったけど、あのラーメンとかいう不思議な料理も良かった。きっと他にもいろいろあるんだろうなぁ……」

どんな世界なのかもまだまだ分からないニッポン《異世界》だが、これだけはアルフレッドでも言いきれる。

一度行ったぐらいでは、ニッポンのすべては把握しきれない。

「これは、来週から楽しみだぞ」

アルフレッドはウキウキしながらつぶやいた。

あの不思議でおもしろい世界に、アルフレッドは毎週遊びに行くことができるのだ……少なくとも、勇者であるあいだは。

危険でつらくて苦労ばかり多いお役目だけど……日本で休暇を過ごせる代償だと思うと、なんとか頑張れる気がする。

「そう考えると……悪くないかもな、〝勇者〟」

うん。これは神様に与えられた使命なんだ！

神託の勇者アルフレッドの、使命感が芽生《めば》えた瞬間であった。

……牛丼と引き換えという、不純な動機だけど。

第 3．5 話　勇者は教訓を生かす

「今後も魔王討伐の旅をするにあたり、一つ思いついたことがあるんだが」

そう前置きして説明したアルフレッドの提案に、剣士が複雑そうな表情を見せて唸った。

「なるほど、先導役をスカウトするのか」

「ああ。よく考えたら俺たち全員、ほとんど都の外を知らないじゃないか」

先日人里離れた場所で道に迷い、半日くらい山の中をさまよった。日没前に人家のあるところまで下りられたのは奇跡に近い。

「今のままでは魔王軍の相手をする前に、慣れない旅の苦労で任務どころじゃない。経験豊富な狩人か傭兵を雇って、道案内や野宿の指導をしてもらおう」

「それは、確かにそうだが……」

◆

急にアルフレッドがこんな気の利いた提案をしたのには、じつは下地がある。

先日勇者はニッポン(異世界)で不用意にスーパーという巨大店舗へ踏み込み、広大な店内で遭難しかけた。

YUSHA WA
HITORI,
NIPPON DE

そこでアルフレッドはやけに親切《おせっかい》な店員から、大事なことを学んだのだ。

〝分からなかったら知っている人間に訊《き》く〟

これである。

初心者が自力で解決しようとしても、何の知識もない者が最初からうまくできるはずがない。

しかしその道の先達《ベテラン》に道案内を頼めば、最短距離で目的地へと連れていってくれる。それをアルフレッドは、やたら商品をお勧めしてくる店員に教わったのだ。

なお彼はそのおかげで、むやみやたらと買わされたことには気がついていない。

自分の世界に帰ってきてそれを思い出したアルフレッドは、パーティのメンバーに野山《アウトドア》に詳しい専門家を招き入れることを思いついたのだった。

◆

「何がマズい？　俺たちはどうせ、野営の仕方や天気の見方もろくに知らない初心者なんだ。分かる人間に教えてもらうのは恥じゃない」

「確かにそれは、おまえの言うとおりだが……」

アルフレッドたち勇者パーティのメンバーは、全員王都で育った町育ち。バーバラ《騎士団員》が仕事の一環で多少の土地勘があるが、他の三人はそもそも都から出たこともない。

だから専門家の手助けが必要なのではないか？

そう主張する勇者だが、姫《聖女》の警護担当も兼ねるバーバラはあまりいい顔をしなかった。

「今まではメンバーがウラガン王国宮廷の縁者だけだから、心配していなかったんだが……市井の者《無関係な》を入れるとなるとそうもいかない。身元不確かな者を入れたら、姫の御身に危険が及ぶかもしれない」

「かと言って、この前みたいに山の中で行き倒れになりかけ《おまえのせいで姫が死にかけた》るのだってマズいだろう」

「うぐっ!?」

「アル、バッサリいったわね……」

「え？　俺なんかマズいこと言った？」


エルザが黙ったままの最後の一人を振り返った。

「姫様はどう？　アルが珍しく役に立ちそうなことを言ってるんだけど」

「おいエルザ、それはどういう認識だ」

「自分の胸に手を当てて考えなさいよ」

ミリアのほうも、バーバラ同様煮えきらない。

「外部の傭兵ですか……」

「何か問題ありますかね？　うちの騎士団と違って経験豊富な傭兵なら、きっとこういう時に役に立つと思うんだが」

「グハッ!?」

「さっきからどうした、バーバラ」

「いや、（プライドを）切り刻んでるのはあんたよ、アル」

「？」

「傭兵や冒険者、っていうのが私も引っかかるのよね……」

ミリア姫《聖女》もあまり賛成できないようだ。嫌とまでは言わないけれど、不安そうな表情を浮かべている。

「王国への忠誠心は皆無だけど実戦経験豊富な実力者……無法な者でないとよいのだけど。ちょっと身の危険を感じるわ」

姫は裏切らないかどうかが心配らしい。確かに傭兵や冒険者は金次第で敵味方を替え、己《おのれ》の腕のみを信じる……というイメージがある。

姫の懸念に、アルフレッドは反論した。

「もちろん適当に道端で勧誘してくるわけじゃないですよ。王都の冒険者ギルドに、信用できる者を紹介してもらいます」

冒険者や傭兵と聞くと荒くれ者で信仰心も忠誠心もなさそうに思うが、彼らにも最低限のモラルはある。それが所属ギルドの規約を守ることだ。

所属する者が雇い主を裏切れば、紹介したギルドも信用を失って立ち行かなくなる。だから互助組合であるギルドの信用を裏切った者は、同業者から徹底的に潰されることになっている。泥棒や暗殺者でさえギルドの盟約は守るのだ。それを破れば、世界のどこにいても生きてはいけない。

「ギルドだって国からの直接の依頼に、仲間の財布をこっそり漁《あさ》るような者を寄越《よこ》すわけないですよ」

「いや、そういう手癖とかの問題じゃなくて！」

「はい？　何か他に問題が？　まさか魔王軍に情報を売ったり寝返ったり……なんて真似《まね》をする人族はいないでしょう」

「そういうのでもなくて！」

「？」

アルフレッドはわけが分からない。

勇者が首を傾《かし》げていると……ちょっともじもじしてから、ミリアがやっと気にしていることを口に出した。

「……見目麗しい若い女が三人もいるのに、護衛が頼りない勇者一人なのよ？」

「ああ！」

姫の懸念の理由が分かり、アルフレッドは笑い飛ばした。

「仕事で受けるんだから、その辺りの倫理観は大丈夫でしょう」

「本当に？　いくらギルドの紹介でも、そんなパーティに入って……　邪《よこしま》な感情を持たない男がいるかしら……」

「厳選するよう頼みますし、ギルドの紹介っていうのは、受ける者にとっても非常に重いものですよ」

「そう？」

「ええ」

アルフレッドは重ねて心配する姫に、大丈夫だと保証した。

「損得を考えれば《あなたの魅力なんて》、余計なことはしないはずです《禁忌を犯すほどの価値もないです》」

「ええ！　そうね！　実際ここにこれっぽっちも興味を持たない男もいるものね！　ムダな心配で悪かったわね！」

「は？　はあ」


安心しろとアルフレッドが言ったら、姫がなぜか急にキレ出した。どうしたのだろう。

アルフレッドの言葉を聞いて、エルザとバーバラもなぜか不機嫌そうな顔をしている。

（なんだろう？　大丈夫だって念押ししたのに、何が不満なんだろう？）

勇者はどうにも、女性陣のそのあたりの心理が分からなかった。

◆

地理に詳しい冒険者を紹介してほしい。そう依頼をかけたら思いのほか早く連絡が入り、アルフレッドたちは仲介を頼んだ冒険者ギルドへやってきた……のだが。

一度は納得したはずなのに、女性陣がまだ浮かない顔をしている。

「せっかく候補者が見つかったってのに……どうしたんだ、みんな」

「いや、なんか気が乗らないというか……」

バーバラが相変わらず渋い顔で言えば、ミリアも同じように煮えきらない。

「なぜと言われても困るんだけど……なぜか、嫌な予感がするのよね」

普段ミリアと意見が合わないエルザも、今日に限ってコクコク頷《うなず》いている。

見知らぬ他人がパーティに入ってくることについて、不信と不安が見え隠れしている。だけどあの時全員道を間違えたので嫌とは言えない……そんな感じだ。

子供の頃から〝勘が鈍い〟とよく言われたアルフレッドだ。必要性が分かっているのにグズグズ言う女性陣の心理はさっぱり分からぬ。

いい顔をしない彼女たちをどうしたものかとアルフレッドが思っているところへ、人選とリクルートを依頼しておいたギルド長がニコニコしながらやってきた。

「お待たせしました勇者様。お探しの地理に明るい者なのですが、これ以上はないほど最適な人が見つかりました」

「本当か！　それはありがたい！」

喜ぶ勇者の様子にいい仕事をしたと、満面の笑みを浮かべたギルド長が部屋の外へ向けて手招きした。

「今ご紹介いたします……フローラ殿、どうぞこちらへ」

アルフレッドの後ろで、ミリアとエルザ、バーバラがなぜか硬直した。

「フローラ……？」

「……まさか」

「どうした？　なんだ、知り合いか？」

「いえ、知らない方ですけど……そういう話じゃなくて」

「んん？」

（なんだ、こいつら？）

そういう話じゃないとは、どういう話なのか。

ギクシャクしているメンバーたち。

アルフレッドがその様子をいぶかしんでいると、ギルド長の後ろからその〝フローラ〟が姿を現した。

「お初にお目にかかる。弓使いのフローラだ」

凛《りん》とした声で自己紹介する様子には、いかにも手練《てだ》れらしい揺るがぬ余裕が感じられる。ギルドが白羽の矢を立てた候補者は……ダークエルフの傭兵だった。

◆

フローラの見た目は四人の少し年上くらいに見える。

だがダークエルフもエルフの一種、非常に長命なはずだ。実年齢は分からないが、ギルドから推されるだけの十分な経歴があるだろうことは容易に判断できる。

その推測を裏づけるように、あいだに入っているギルド長が嬉々《きき》として説明した。

「こちらのフローラ殿は、〝大陸一の弓使い〟と呼ばれるほどの名うての傭兵でして。もちろん弓兵としての実力も超一級ですが、それだけではございません。大陸の各地を長年旅されているので、道や地形についても誰よりも詳しいと保証いたします」

「おおっ、それは助かる！」

ギルド長の紹介を聞き、アルフレッドも顔をほころばせた。

自然とともに生きるエルフは植生や天候に関する知識が豊富だ。

さらに旅のベテランで、地理にも詳しいという。弓使いというのもいい。

異変を察知し、敵を追跡し、長射程の武器を操る技能はどれも勇者アルフレッドのパーティに欠けている力だ。

これは間違いなく戦力になる。


「ギルド長から話がいっていると思うが、ぜひ我々の旅に帯同してもらえないだろうか。なあ、みん……な？」

絶好の人材が見つかって興奮したアルフレッドが仲間を振り返ったら……そこには、お世辞にも歓迎していると言えない顔のメンバーたちがいた。

「ど、どうした……？」

女性陣はアルフレッドの声も聞こえないようで、それぞれが何事かを口の中でブツブツ言っている。

「……なんか嫌な予感がしたと思ったらこういう方向⁉　女、しかもダークエルフ⁉　そんなの顔がいいに決まっているじゃない！　おまけに妖艶なお姉さま系って……⁉」

「確かに男は嫌って言ったけど⁉　それにしたってこの男は、本当に……許嫁《いいなずけ》の話もまったく進展しないうちから、これ以上侍《はべ》らす女を増やしてどうするのよ……！」

「揉《も》める……絶対揉めるぞ、これは……」

「いや、本当にどうしたんだ……？」

不可思議な仲間の反応に戸惑う勇者と、あからさまに何かを警戒している女たち。

それをしばらく興味深い面持ちで眺めていたフローラは、なぜか愉快そうに笑みを浮かべてアルフレッドに手を差し出した。

「ふむ、じつにおもしろそうなパーティだな。気に入った、手を貸そう」

「頼めるか!?　こちらこそよろしく！」

「ああ。これは毎日が楽しくなりそうだ……勇者よ、これからよろしく頼む」

「あ？　ああ！」

一人自分の周りの状況が分かっていない勇者は、朗らかにイイ笑顔を見せるダークエルフの手をしっかりと握り返した。

勇者パーティには本物のお姫様がいる。アルフレッドが忠誠を誓うウラガン王国国王の唯一の血筋、ミリア姫だ。

才色兼備で他国にまで名が知られ、聖女の神託が姫に下った時は驚きよりも当然という雰囲気を呼び起こしたくらいだ。勇者の神託が下った時に「誰だ、そいつ？」と当惑の空気が漂ったアルフレッドとは知名度が絶対的に違う。

彼女はアルフレッドの魔王討伐の旅に聖女として同行し、治癒役兼聖魔法での援護を担当してくれている。


しかし、そうはいっても。

同じパーティの仲間という建て前ではあるけれど、彼女は主君である国王の一人娘。一方のアルフレッドは実生活では貴族最底辺の男爵家の跡取りでしかない。

いくら戦友になったとはいえ、宮廷では物言わぬ背景でしかなかったアルフレッド。そんな彼が社交界の中心であった彼女と、対等な目線で話せるはずもない。

「勇者を支えるはずの聖女に使いっ走りにされている勇者なんて……歴代で俺ぐらいなものだろう

な」

アルフレッドは昼間の姫とのやり取りを思い出し……深く、深くため息をついた。

◆

豪華な部屋に、若い女の声が響いた。

「うーん、何か違うのよね」

独り言であって、相槌《あいづち》は求められていない。そう判断して黙って控えながら、アルフレッドは内心で思った。

(きっちりイメージ固めてから、始めればいいのに……)

もちろんそんな批判めいたことを、声に出すような迂闊《うかつ》な真似《まね》はしない。姫に聞こえたらたとえ勇者といえど、縛り首になりかねない。

なにしろうちの上司《姫》は、気分屋なのだ。

我らがウラガン王国の姫君、ミリア様は今日もアルフレッドを使用人か何かと勘違いしていらっしゃる。

ミリア姫と腹心の騎士バーバラ、ついでに雑用係《勇者》のアルフレッドは、久しぶりに帰還した王都で姫の部屋の模様替えを行っていた。

主《おも》にアルフレッドが。

腕力で言ったら、もしかしなくてもバーバラのほうが上じゃないかな～と思うんだけど……それを口に出せないのが宮仕えの悲哀というヤツ。権力者《ミリア》の神経を逆撫《さかな》でするような発言をしたら、何をされるか分からない。

ミリアがバーバラにやれと言わない以上、力仕事はアルフレッドの担当ということになる。

姫も最近はアルフレッドとの付き合いにも慣れてきたせいか、私用に使うことに遠慮がない。この頃は勇者の扱い自体がぞんざいだ。

いつ頃からとか、アルフレッドもはっきりは言えないのだが……先日フローラがパーティに加入したあたりから、さらに扱いがひどくなった気がする。何か機嫌を損ねたかとアルフレッドは折に触れて考えてみるけど、まったく原因が思いつかない。

(もしや姫様……その道のエキスパートを雇う案、自分じゃ考えつかなかったのでへそを曲げたのだろうか。ありうるな)

すぐにヒステリーを起こすのだ、この姫様は。

そんな事を直立不動でアルフレッドが考えていると、延々悩んでいたミリアが指を鳴らした。

「やっぱり鏡台が左かしら」

言われてそっちを見たアルフレッドはついうっかり、ボンヤリしていて思ったことをそのまま口に出してしまった。

「どっちでも変わんないんじゃないですかねえ？」

ミリア姫に馬糞《ばふん》でも眺めるかのような目で見られた。

「おまえには聞いていない」

「……す、すみません」

神経を逆撫でするような発言でなくとも、アルフレッドが普通に感想を言うのも気に食わないらしい。

◆

「あー、すごい疲れた……」

ミリア姫のどうでもいい模様替えは、結局日が暮れそうな時間まで続けられた。一日中肉体労働をさせられて、アルフレッドはもう全身バッキバキだ。

「明日起きたら、体中すごいことになってそうだな……」

幸い、明日は聖なる休日《安息日》。一人で過ごす日だから姫様に付き合わなくて済む……もしかしたら今日容赦なくこき使われたのも、それを見越してだったのかもしれないが。

何はともあれ、明日は休みだ。せっかく解放されたのだから……。

「よし、さっさとニッポンへ行こう！」

この疲れ、この徒労感。

これを癒すには、ニッポンを楽しむに限る！

「あっちで美味《うま》い酒を楽しく飲んで、清潔でふかふかの布団でぐっすり寝て……いや、先に寝て朝酒をのんびり楽しむのもいいな！」

あるいは宿代を切り詰めて、マッサージというのもそそる。

それか、広々した風呂をゆったり楽しむのもよさそうだ。

「風呂……風呂か。ニッポンの風呂はいいよなぁ」

ニッポン世界の風呂は素晴らしい。

こちらのとりあえず体を洗うだけのソレと違って、たっぷりの湯に長時間浸《つ》かって体の疲れと心の汚れをさっぱり落とすのがなんともいえない……。

「そうだ！　その手があった！」

◆

「これだよ……これが人間の生き方だよ……！」

アルフレッドは風呂に浸かりながら真っ暗な空を見上げ、疲れきった身体が茹《ゆ》で上がるのを楽しんでいた。

そう、茹で上がる。

行水の文化しかない王国に住むアルフレッドには、この世界の〝湯に浸《つ》かる〟文化は驚きだった。

しかもこんなに広い浴槽に。

アルフレッドは今、ニッポンのスーパー銭湯という巨大温浴施設に来ている。

自分の世界でも他のどこかの国に同じような施設があるらしいが、ウラガン王国では浴槽自体が珍しい。

ウラガンでは風呂といってもだいたいは水浸しになっても構わない部屋で、釜で沸かした湯をかぶって体を洗うだけだ。浸かるなんて発想がない。一度王宮で王族用の浴槽を見たことがあるが（姫の入浴中を覗《のぞ》いたわけではない。もちろん）、せいぜい二人が座れるぐらいの広さのかわいいモノだった。

それにくらべてニッポンは風呂の概念が違う。

特にこの、何十人も入れる巨大な浴槽を庭先に配置する「露天風呂」というのはいい。

満天の星の下で裸で湯に浸かる、この解放感。

この贅沢《ぜいたく》な環境を己《おのれ》の専有物にしている至福の感覚。

「いつもの野宿が、こんなに豪勢だったらなぁ……」

毎日こんな快適生活だったら、魔王討伐の旅は希望者激増で抽選になるんじゃなかろうか。

そんなことを考えたついでに……野宿なんて言葉で、ふとアルフレッドは余計な連想もしてしまった。

「考えればうちのパーティの連中《女性陣》だって、風呂とか好きそうだよな……もし俺たちの世界に露天風呂なんてあったら、絶対ハマってキャイキャイと……」

あの四人。性格とアルフレッドへの当たりは（かなり）よくないが、見た目（だけ）はすごく良い。特にバーバラ（二十歳）とフローラ（人間に例えると二十二歳くらい？）は他の二人より年が上ということもあり、大人の色気とメリハリのある体形が……。

「……ヤバッ!?」

うっかり脳裏に美女美少女の入浴姿を想像しかけ、アルフレッドは慌てて妄想を振り払った。

「危ない危ない、俺は何を考えているんだ！」

一度おかしなことを考えちゃったら、一緒にいる時についついそういう目で見ちゃうかもしれない。あの四人相手にそれは致命的だ。命に関わる。やつら魔物の接近には不覚をとるくせに、なぜかアルフレッドが余計なことを考えている時に限って勘が鋭い。

「俺はなんて恐ろしいことを⁉　かなり疲れているんだなー……」

あいつらはいわゆる〝女〟に数えちゃいけない。邪鬼か何かだ。

◆

「いかんいかん！」

アルフレッドは自分でパンパン頬をはたいた。

「おかしな妄想もしちゃったし、ここは少し気を引き締めにいくか」

次はどの風呂が良いだろう。

スーパー銭湯は店によって設備が違う。アルフレッドがキョロキョロ見回すと、浴槽のふちを切り欠いて椅子のように作ってあるところが目に入った。

「これは？」

壁の表示を見ると……電気風呂。

「……ふむ」

電気って、なんだ？

よく分からないので、とりあえず観察してみる。この設備は前に入った店にはなかった。

「見た目は……別に、ただの風呂だよなあ」

座れるようになっているのを見るに、泡風呂と同じようにしばらくじっとしているべき場所なのだろう。だが、なぜここだけ椅子になっている？

「泡も出ていないし、勢いよく鉄砲水が噴き出しているわけでもない。じゃあ、これはなんだ？」

電気という言葉は他の場所でも時々見るが、それがどういうものなのかがニッポン人ではないアルフレッドには分からない。


しばらく遠巻きに眺めていると、ニッポン特有の不思議な入浴スタイル、全裸で頭にタオルを載せた老人がやってきた。このファッションを見るたびに、よそ者であるアルフレッドは（タオルがあるなら前を隠せばいいのに）とか思ってしまう。

彼は電気風呂に誰も座っていないのに目をつけた。

「おっ、空いてるじゃねえか。よしよし」

先にいたのはアルフレッドだが、なんだか分からないモノに手を出しあぐねていたところだ。他人が実演してくれるならそれに越したことはない。

こちらもよしよしという気持ちで、彼が「電気風呂」とやらに腰かけるのを見守っていると……。

座って気持ちよさそうに目を閉じたジジイがいきなり。

「あああああああ！」

急におかしな雄叫《おたけ》びを上げ始めた。

他人の様子を見て正解を知ろうと思ったら、余計にわけが分からないことになった。

老人は妙にビブラートの効いた悲鳴を上げ続けているが、見た目は至《いた》って気持ちよさそうだ。

これでは見ていてもさっぱりなんだか分からない。

アルフレッドは壊れたカラスみたいな先客に、恐る恐る声をかけてみる。

「もし、ちょっと尋ねたいのだが」

「あああ？」

「返事が怖い!?」

正直このイカレジジイと話を続けるのは、トロールと初めて戦った時より怖いのだが……アルフレッドは勇気を振り絞って聞いてみた。

「こ、この電気風呂というのはどういうものなんだ？」

「ああ？　あー、そりゃあんた、あれよ」

正気に戻ったらしい爺《じい》さんは、少しマシなしゃべり方で返してきた。

「電気が、ほら、なんだ……アレだ。あー、よく分からんけど何かがナンダカして、身体《からだ》にいいっちゅー話なんだわ」

まったく情報が増えてこない。

しかしアルフレッドも異世界の勇者。そこらの一般市民に理解力が低いヤツと思われては沽券《こけん》に係わる。

だからアルフレッドはいかにも納得したように深く頷《うなず》いた。

「なるほど！」


満足したらしい老人が去った後の〝電気風呂〟を、アルフレッドはこわごわ眺めた。

「……まあ、アレだな。自分で試してみないと分からないということだな」

今さらな結論に到達したアルフレッドは、とりあえず腰かけてみることにした。ヨボヨボの爺さんがのんきに座っていたのだ。いきなりひどい目に遭《あ》うこともあるまい。

「どれ、電気風呂とやらはいったいどういうものなのか……」

初めての体験はなんでもワクワクするものだ。どんな仕掛けなのかを楽しみに、アルフレッドがタイル張りの椅子に腰かけた……次の瞬間。

「あばばばばばばばばばばば!?」

肌がピリピリするのは、まだいい。

尾てい骨が何かに激しく叩《たた》かれている！　腰から下におかしな刺激が走って、アルフレッドは何もしていないのに足の痙攣《けいれん》が収まらない！

「なななななんだ、ごれば!?」

慌てて転がるように逃げると、椅子から離れた途端に異常はスッと収まる。

「今のはなんだ!?」

そーっと手を座面の上にかざしてみると……。

「やっぱりなんか来る!?」

何が来るのか、アルフレッドにも分からない。

◆

「結局のところ、アレはいったいなんなんだ……」

アルフレッドはちょっと離れたところで一人サイズの浴槽に沈み込み、落ち着いて考えてみた。

あの「電気風呂」とやら。どうも座っている時に限ってスイッチが入り、何かの魔法が作動する仕掛けらしい。

「本当に身体にいいのか!?　まるでエルザの攻撃魔法で誤射された時みたいだぞ!?」

エルザもエリートのくせにいろいろやらかしている。

「今のはどう考えても、麻痺《まひ》の術か何かだよなぁ……」

電気風呂とは、いったいなんなのか。

理屈の分からないアルフレッドには、コレのどこが身体に良いのかどうにも判断つきかねた。


勇者が首を捻《ひね》っているとまた一人、今度は中年男がやってきた。

彼は電気風呂が空いているのを見つけるとさっそく座り、至福の表情で……。

「ぎぎぎぎぎぎぎぎぎ！」

やっぱりあのビリビリが気持ちいいらしい。


中年男が去っていくのを呆然《ぼうぜん》と見送ったアルフレッドは、しばし目を閉じて今の出来事をじっくり考えた。そして頷く。

「まあ、アレだ。俺たちに理解できない風俗でも……現地人が満足しているんなら、それでいいんじゃないかな」

電気風呂がよく分からなかったところで、別にアルフレッドが困るわけじゃない。あの電気風呂とかいうモノ、アルフレッドにはさっぱり理解できないがニッポン人は楽しいのだ。作った彼らが楽しいのなら、よそ者《アルフレッド》がとやかく言うものでもないだろう。

そう結論を出したアルフレッドは理解することを諦め、次の浴槽を求めて旅立った。

◆

ご当地ニッポンの民ではないアルフレッドに電気風呂はちょっと特殊すぎたので、口直し？　にしばらく高温浴槽に浸かってみた。

「うむ、俺にはこういうほうが合っているな」

電気とやらの責め苦は、そういう趣味のヤツに任せておけばいい。アルフレッドにとって風呂はやはり、痺《しび》れるよりホカホカになるほうが合っている。

「よし、十分温まったし……仕切り直して水風呂に浸かるか！」

火照《ほて》った身体を冷水で締める。

これもまた、スーパー銭湯というヤツの楽しみだ。

蒸し風呂で汗を流していたわけではないので、掛け湯は省略してそのまま凍えるような冷たい浴槽の中へ飛び込む。

熱い湯からいきなり、冬の池みたいな水風呂に。

温度の変化に全身の毛穴がキュッと締まる気がするけど、続いて体の芯に不思議な熱さが湧き上がる。肌は冷水でシャキッとするのに、身体はむしろ火照ってさらに冷やしたいぐらい。なんともいえない不思議な感覚だ。

「温かい湯と冷水と両方同時に楽しむなんて、ニッポン世界に来るまでは考えもしなかったな……」

勇者はしみじみつぶやく。

こんな湯浴《ゆあ》みの楽しみ方、ニッポンでたまたまスーパー銭湯に入ってみるまで思いもしなかった。人間生きていると、いろんなことがあるものだ……まあ、異世界を体験する人間なんてそうはいないだろうけれど。

指先が凍えそうなほど冷たい水を両手ですくい上げ、勢いよく顔をこする。じつに爽快。こうして入浴を楽しんでいるうちに、いつしかアルフレッドの中で夕方までの苦行《姫様のお手伝い》は過去の物となっていた。

十分にクールダウンしたら、次はまた熱い湯へ。この繰り返しは、実に疲労解消に効く！　……ような気がする。

「次は薬草風呂……その次は打たせ湯もいいな」

ここには何時間入っていても飽きないだけの、趣向を凝らしたいくつもの浴槽がある。

もちろん今日のアルフレッドは全部を堪能するつもりだ。電気風呂はもう結構だけど。

だが一通り廻《まわ》る前に、とりあえず薬草風呂の次は。

◆

ホカホカ湯気を立てているアルフレッドは、借りた湯上り着姿で大広間の隅に座った。カウンターで受け取ったキンキンに冷えたジョッキに口をつけ、この上なく美味い最初の一口をゆっくり飲み下す。

アルフレッドが愛してやまない刺激的でまろやかな冷たいビールが、茹で上がった彼の身体を中から冷やし……腹に落ちた途端に、胃をカッと熱く燃え上がらせる。

風呂上がりでこの味、この感覚。

最ッ高に、美味い！

「はぁぁぁー……風呂上りはやっぱりこれだよな！」

生ビール、大ジョッキ！

そしてツマミは、味を覚えた粗挽《あらび》きソーセージとフライドポテトのセット。

たぶんみんな知っているだろうけど、アルフレッドは敢《あ》えて言いたい。

「……茹でたソーセージとフライドポテト。こいつら、ビールに合いすぎだろう!?」


そのままでも美味い粗挽きソーセージだが、茹でるとさらに美味《おい》しくなるとアルフレッドは学んだ。

ソーセージ全体の歯ごたえは残したまま、白い蝋《ろう》状から加熱で肉汁に姿を変えた脂身が口内にほとばしり……とんでもなく美味い！

フライドポテトも、外はカリカリ、中はホクホク。

「これは家でも試してみなければなるまいな……芋は茹でるより揚げたほうが美味い！」

プリップリの粗挽きソーセージと一緒に食べても燻製《くんせい》肉の凝縮したエキスと合わさってとても美味しくなるし、単純に塩だけ振りかけて芋自体の味を堪能しても良い。

そしてそこへ、またビール！

「身体を湯でほぐし、軽く湯疲れしたところへ……キンッキンに冷えたビール！　もう最高！」

前にスーパー銭湯で飲んでいた時に、隣のテーブルに座っていたオッサンがなんとか言っていた。

あの言葉は、確か……。

「そうだ！　〝五臓六腑《ごぞうろっぷ》に染みわたる〟ってヤツだな！」

飲みきれるのかと自分でも危惧していたデカいジョッキだけど、そんな心配はいらなかった。大量のビールは、乾いた身体にあっという間に染み込んで空になる。


美味い。

美味いのだ。


一週間のつらい労働《魔王討伐》から解放されて、ついでにきっつい同僚《女ども》からも解放されて。

一人解放感に浮かれながらスーパー銭湯《天国》で空にする、飲みきれないほどの冷えたビール。

コレが美味くないはずがない。

「毎日死にそうだし、魔物との戦闘はすごく怖いけど。でも……」

そのおかげで週に一度、こうやって異世界で美味い酒が飲める。

「毎日がイヤなのと、その代わりのご褒美と……痛しかゆしだよなあ」

アルフレッドは苦笑すると、お替わりを買おうと立ち上がりかけ……ハッとして動きを止めた。

卓上にあったメニューを、もう一度眺める。

「もう一杯ビールより……チューハイとかサワーとかでもいいんじゃないか!?」

先日カプセルホテルの一人宴会で覚えたのだ。疲れに染みわたる酒はビールだけじゃないと。

「もう一回ビールは、その後でもいいか。よし、青りんごサワーといこう！」

今日はいくら飲んでも構わない。このスーパー銭湯には、仮眠室という雑魚寝《ざこね》部屋がある。ホテルに帰る手間がないのだ。路上で寝込む心配はない。

飲んで。

寝て。

風呂に入って。

スーパー銭湯にいる限り、この人間をダメにするトライアングルから出る必要はない。

なんという理想郷。

なんという完成された世界。

「あー……魔王討伐なんか忘れちまいたい。俺一生ここから出たくないわー……」

マッサージチェアに背中の凝っているポイントをゴリゴリ揉《も》まれながら。

アルフレッドは夢見心地に、そうつぶやいたのだった。

【勇者の事情】第4話

聖女ミリアの受け止め

神官の読み上げる神託を聞き、ミリアはうっかり驚きの声を上げてしまった。

「え？　私？」

すぐ後ろに控えていた従者には聞こえていただろうが、彼女たちは礼儀正しく聞こえない振りをしていた……あるいは、主《あるじ》同様に呆然《ぼうぜん》自失だったのか。

〝聖女には……ウラガン王国王女、ミリア姫が指名されました！〟

立会人の一人として参列しただけのつもりだったミリアは、まさかの〝聖女〟に任命されてしまったのだ。

（私が聖女？　嘘《うそ》でしょ……）

自分が選ばれるなんて事態は、ミリアは可能性さえ考えてもいなかった。

でも、ミリアも王女である。これも〝高貴な血に伴う義務《ノブレス・オブリージュ》〟と、即座に覚悟を決めた。

（治癒や結界防御の神聖魔法なら、私だってそれなりに自信があるわ）

決して勇者の足手まといにはならないはず。そう考えながらミリアは続く勇者の告知を待った。

ところが。

◆

聖女に続き、神官が勇者の呼び出しを行った。

〝そして勇者は！　同じくウラガン王国の……ラッセル男爵家、アルフレッド！〟

——この時の反応は、ミリアも大多数の観衆と一緒だった。

(ラッセル男爵家のアルフレッドって……誰？)

自分の時以上に意表を突かれて、思わず目が点になる。姫であるミリアが、王国貴族であるはずのその人物にまったく心当たりがない。

(え？　ちょっと待って？　ラッセル男爵家なんて家、ありましたっけ？)

いくら貴族の数が多いといっても、星の数ほどいるわけじゃない。諸侯クラスは当然として、ミリアはそれなりに活躍している下位貴族も覚えているつもりだったのだけど……。

そんな姫様が一般人と同じことを考えているのだから、ラッセル男爵家の今までの活躍がどんなものかがよく分かる。

そんな存在も覚えていない男爵家でも、王国貴族には違いない。

（ま、まあいいでしょう。勇者も聖女も我がウラガン王国から選ばれるとは、なんと光栄な）

そう思いながら〝勇者〟の登場を待ったミリアだったが……。

「ラッセル男爵家のアルフレッド殿！　いらっしゃいませんか⁉」

（……なかなか、出てこないわね）

貴族は全員呼び集められているはずなのに、指名された「アルフレッド」なる者がいないみたいだ。

そんな馬鹿《ばか》なと思いながらも、もしや肝心の人間だけが病欠なのではとミリアは心配した。

そして、やっと現れたと思ったら。

「待ってください、これはきっと何かの間違いなんです！」

「いいかげん覚悟を決めなされ！」

（こんな神聖な儀式の最中に……何をやっているの、この男は⁉）

神の指名というとんでもない名誉に対して、まるで冤罪《えんざい》をかけられたかのような物言い……不敬極まりないにもほどがある。

大神官といつまでも揉《も》めているラッセル男爵家のアルフレッドとかいう男に、ミリアは怒りに身体《からだ》が震えるほど腹が立った。

神のお告げに異議申し立てをするとか、どういう頭の構造をしているのか……！

（こんなのが……王国貴族なの!?　本当に!?）

国への献身一筋に生きてきた姫はもう、怒りと驚きで卒倒しそうになった。

（どういう男なのかしら……）

歯ぎしりしたいのを必死にこらえ、ミリアはその非常識な男を横目で観察した。

アルフレッドなる青年貴族は、よく見ても全然見覚えがなかった。

顔は……すごくよくもないけど悪くもない。

体つきは中肉中背で、筋肉は（騎士を基準にすると）まるでない。要するに全然鍛えていないごく普通の一般人だ。とても魔物と戦った経験はありそうにない。

そして使命感ややる気とは無縁そうな、どこか抜けた顔つき。

（王国貴族としてどうあるべきかなんて、生まれてこのかた考えたこともなさそうな顔をしているわね……）

ミリアの感じたイメージは（ショッキングな登場のおかげでいささか偏見が入っているが）、アルフレッドに対する評価としてはおおむね正しい。

さんざん神官と押し問答を繰り返したあげく、やっと神託を受け入れた〝勇者〟。彼は今ミリアと並んで、ガチガチに緊張しながら手を振っている。

集会で注目を浴びたくらいで、この有り様。これで戦いの緊迫感に耐えられるのだろうか。

（これは……とても期待できそうにないわね）

ミリアの心の中で、失望がどんどん広がっていった。

◆

神託の儀式から一週間。

「あれは……本当に、なんなのかしら」

はしたなく机に頬杖をつき、ミリアはうんざりした声でつぶやいた。

王女たるミリアを悩ませる話といえば、もちろんアテにならない勇者のことだ。

現在ミリアの部屋にいるのは、信頼している護衛が一人だけ。そうでなければ、ミリアもうっかり本音なんか出さない。

苦虫を噛《か》みつぶしたような主の様子に、険しい顔をした騎士が尋ねる。

「あの〝勇者〟ですか？」

「そう」

短く答えてから、ちらっと従者を見たミリアはすぐさま彼女を押し留める。

「何かやらかしたわけではないから、今すぐ締め上げに行くのはやめなさい」

「はっ」

この護衛、四つ年上のバーバラは生真面目、几帳面で忠誠心も厚く、ミリアもとても頼りにしているのだけど……何かの拍子に忠誠心が暴走してしまうのが玉に瑕《きず》だ。

「ヤツ自身のミスではないとすると……どうしました？」

「そのままじゃ使い物にならないから、宰相が騎士団で剣術の鍛錬をさせようとしたんだけど」

「ああ、騎士団が誰一人協力しなかったと」

「そう」

そのあたりは二人とも、事情は理解できる。

「うちの騎士どももも大人げないですね。それも主命の任務でしょうに」

「それでも、不満を飲み込める限界を超えていたのでしょうね」

バーバラみたいに出世や名誉に興味がない武人など、絶対的な少数派だ。そして武人は横の連帯感も強いので、仲間を差し置いて任命されたド素人に全員で嫌がらせするのも十分ありえる。

「世界の一大事に、何をやっているのやら」

バーバラは古巣の了見《りょうけん》の狭さに呆《あき》れているけど、逆にミリアは拒絶する気持ちもよく分かる。

どう見ても才能も資格もあるように思えない、あのアルフレッドという男。

一任するにはいかにも頼りない……裏返せば彼が手柄を立てたとしても、つい（本当なのか？）と疑ってしまうだろう。

（私……もし、万が一アレが魔王討伐に成功したら、本当にアレと結婚するのかしら）

父王が民衆の前で約束してしまったのだ。

〝勇者が見事魔王を倒したあかつきには、ミリアを娶《めと》らせ次期国王の座につける〟

……なんてことを言ってくれたのか。

（そりゃ私だって、最初の最初は期待したけど）

ミリアが王の一人娘である以上、ウラガン王国のために王位を自分が継ぐか婿を取って継がせるか以外の人生はない。そしてもちろんその婿養子は、父王によって能力や家柄を基準に選ばれる。

なのでとんでもなく歳が離れていたり、ミリアの忍耐力を持ってしても許容範囲外のゲスと結婚……の未来もありえた。

母なる国に己《おのれ》のすべてを捧《ささ》げる覚悟……などと言ったって、ミリアだって年頃の乙女。正直言えば結婚相手は、少しだけ年上の頼れる美男子《イケメン》に越したことはない。

その点、神官に腕を引かれて登場したアルフレッドは〝悪くない〟ように見えた。


(とんでもない勘違いだったけど)

歳や見た目はいい。だけどあの頼りなさはダメだ。利に聡《さと》いところも好かない。

(公衆の面前で勇者になりたくないってさんざん騒いでおきながら、褒賞《ごほうび》を聞いたら急に返事がよくなって……性根が腐ってるわ)

別にアルフレッドは王位やミリアと結婚できると知って目の色を変えたのではなく、王に直接声をかけられて反射的にいい返事をしてしまっただけなのだけど……その事情が分かったところで、ミリアにとって慰めになるかはなんともいえない。


とにかくミリアの中では、アルフレッドは信念も義務感も度胸もないくせに報酬には目がない俗物である。その証拠に後日改めて挨拶に来た時の、揉《も》み手をしながら作り笑いでヘコヘコ頭を下げる姿のいやらしさときたら筆舌に尽くし難かった。

——雲の上の存在の超お偉いさん《ミリア》に会うということで、アルフレッドが完全にパニクっただけなのだが……誰が相手でも緊張することがない王女様《最上位者》には、下っ端のそのあたりの心情なんか想像できるはずもない。

「────はあ……仕方ないわ」

頭を振って様々な思いに蓋をすると、まったく気の向かない顔でミリアは指示を出した。

「バーバラ。あなたあのアルフレッドとかいうダメ人間に剣を教えてくれない？」

「私がですか？」

驚いた護衛騎士は、すぐにそれしか〝勇者〟を育てる方法がないと思い返し──しかしもう一度複雑な顔になり、敬愛する主君にお伺《うかが》いを立てた。

「私、以前騎士団で新兵教育をした時に厳しくやりすぎまして……」

「二週間でクビになったんでしょ？　知ってるわ。でも、その猛特訓があの男にこそ必要だと思わない？」

「……なるほど」

バーバラは今度こそ納得して頷《うなず》いた。

ミリアの言うことはもっともだ。

魔王討伐は今すぐにでも始めなければならないのに、戦闘力が皆無の勇者のおかげで今はスタート地点からさらに後退している。

「確かに、普通の稽古などしている場合ではないですね」

「でしょう。とにかく一日も早く、並みの騎士レベルになってくれないと出発もできないわ。せめて基本だけは今すぐ覚えさせて」

「ははっ、お任せください！」


バーバラが下がっていくのを見送り、一人になったミリアはまたため息をついた。


同じ歳ぐらい、しかも同国人の勇者。

将来は政略結婚しかありえないミリアにも、人並みのロマンスが訪れるかと一瞬、心が躍ったのに。

「あんなのじゃ、地位目当てのスケベ親父と変わらないじゃない……」


この評価が覆ることがあるのだろうか。

「……あまり期待しないほうがよさそうね」

夢は見るな。

でないと、ままならない人生に心が死ぬ。

綺麗《きれい》な顔の下にリアリストの素顔を持つ姫。

彼女は勇者に一切期待するものかと決意を固めると、切り替えて別室に控える侍女を呼び戻した。

なお。

この時のミリアは頭に血が上りすぎていて……〝姫の命令〟に勇み立ったバーバラの〝特訓〟がどんなものか、現場を確認しにいくべきなのを完全に忘れていた。

結果は変わらなかったかもしれないが。

第5話　勇者、キャンパスライフを謳歌する

YUSHA WA HITORI, NIPPON DE

アルフレッドが緑地の中の小道を歩いていると、昼を告げるように腹が鳴った。

食べ盛りの腹時計は陽の傾きより信用できる。そんな〝彼《腹》〟の働きぶりに報いるためにも……。

「そろそろ飯といきたい、が」

今のアルフレッドには昼食を摂るにあたり、一つ問題がある。勇者は頭を掻《か》きながら、今来た道を振り返った。

「この辺り、なぜかまったく店がないんだよな……」

見渡す限り、前も後ろも庭園のような景色が続いている。アルフレッドから見える付近一帯に、飲食店はおろか、店と呼べるようなものは一つもない。

「うーん……清々《すがすが》しい風が心地よくて、ついついここまで歩いてきてしまったが。繁華街へはどうやって戻ったらいいんだろう？」

気の向くままに街を見て歩いていたら、よく分からない所へ入り込んでしまった。


つまり、迷子だ。

◆

まあ迷っている自覚はあるのだが、当人はそんなに心配していない。

アルフレッドも成人前とはいえ、保護者なしで魔王討伐に出かけられるぐらいには大人である。幸いここは街の中。通行人は多いので、誰かに道を訊《き》けばいい。

ただ、アルフレッドは今いる場所が〝何〟なのかが気になった。

広大な敷地に芝生や木立が広がり、そのあいだを舗装された歩道が縦横に走っている。よく整備されているし、一見アシンメトリーな作りの庭園かと思えるのだが……それにしては、なぜか大きな建物があちこちに点在している。

「……よく見れば、なんだか不思議な場所だな？」

散見される建築物は東屋《あずまや》や茶会堂《ティールーム》なんてかわいいモノではない。真四角で全然飾り気はないが、宮殿のように大きな三階建て、四階建てばかりだ。

「……ん？　宮殿？」

アルフレッドはハッと気がついた。よく考えたら思い違いをしていたのかもしれない。

ここはもしかして、庭園ではなく何かの〝施設〟なのではないか？

庭に建物が点在しているのではなく。

建物が主で、その敷地の空きスペースを緑地にしているのではないだろうか。

よく見れば歩いている人は多いが、のんびり休んでいる者はいない。庭園で憩うというより、建物のあいだを行き来しているだけのような……。

「しまった……勝手に入り込んでしまったな」

アルフレッドがここまで誰何《すいか》もされず歩いてきてしまったぐらいだ。警備がゆるいから、王宮とかではないだろうが……。


この施設が〝何〟なのか、それはとても気になるが。

「そんなことより、不法侵入を見つかったらまずいな」

異世界とはいえ勇者がそんな理由で捕まるわけにはいかない。

アルフレッドはとにかく敷地外へ退散することにした。

◆

とりあえず太い道に沿って進んでいると、人だかりのある一角に出た。

何があるのか、一つの建物の前がやたらと混んでいる。誰も見咎《みとが》めないので、ちょっとホッとしながらアルフレッドは人の流れを観察してみた。

「この建物はなんだろう？　ここまで見てきた中では、わりとボロいほうだよなあ」

人が多いから本館とは限らない。ここへ来るまでに、もっと威厳のある建物はいくつもあった。

見た目ばかりが重要性を示すわけではないが、なんの変哲もない建物だけに人が集まるのがアルフレッドにはちょっと不思議に思えた。

そうなると好奇心が出てくるのがアルフレッドだ。気になったので、道を外れて一番にぎやかな建物へ近寄ってみる。

忙しそうに人々が出入りする玄関の脇には、使い古された立て看板があった。

「えーと、なになに……？」

〝毎週金曜日はカレー曜日！〟

アルフレッドは無言のまま目をこすって、もう一回見てみる。

〝毎週金曜日はカレー曜日！〟

書いてある言葉は分かるが、何を言いたいのかが理解できない。

金曜日がカレー曜日って、どういう意味だ？

宙を睨《にら》み、顎《あご》を撫《な》でながらしばらく考える。

「金曜日はカレー曜日……キンヨウビで、カレーヨウビ……」

何度もつぶやいているうちに、アルフレッドは書き手の言いたいことがだんだん飲み込めてきた(気がした)。


「そうか……〝安息日〟のことを、ニッポン世界では〝金曜日〟というのだな」

なんで安息日《神に祈る日》を、ニッポンは金《カネ》の曜日というのか。

おそらく〝金曜日〟の〝金〟とは、貴金属の金ではなくて金物のことだろう。金銀自体も大事だけど、それは加工する鍛冶《かじ》が発達していてこそだ。加工《工業》する技術《力》があってこそ物を作ることができる。

「これだけ技術が発達して、様々な物があふれているニッポン世界だものな。ニッポン人はモノづくりを司る金《工業》の神を崇《あが》めているのかもしれない」

そう考えると、〝金曜日はカレー曜日〟とは。

「つまり、神に捧《ささ》げるご馳走がニッポンではカレーなのか」

何種類もの具をたっぷり煮込んだカレーは豪華で美味《うま》い。アルフレッドも牛丼屋で出会って以来の大ファンだ。確かにアレは、神に捧げるにふさわしい料理だと思う。

見たところ、ニッポン人は安息日でも普通に働いているようだ。

だから本来は休んで神に祈りを捧げるべき安息日に働く詫《わ》びに、神に感謝しながらカレーを食って祈りの代わりにしろと。この立て看板はそう呼びかけているに違いない。

となれば、この建物の用途もなんとなくつかめてくる。

「ここは内部の人間が使う食堂なのだな、きっと」

来客や式典の際の表向きの宮殿ではなく、おそらくここで働く人間が食事を摂る裏方の場所なのだろう。

ニッポン人が安息日にも働くのはどうかと思うが……まあアルフレッドも神が安息日を確保してくれなかったら、今日もワガママ姫に働かされていたところだ。アレコレ言わないでおこう。

「それはともかく、これは都合がいいぞ」

アルフレッドは今まさに、昼食を欲している。

そこへ見つけたのがカレー《神への捧げ物》を出す食堂とは、じつにタイミングがいい。

「見た感じ、服装も見た目もバラバラ……俺が紛れ込んでも、大丈夫そうだな」

ずっと見ていて分かったが、出入りする人間は服装もまちまちで制服はないようだ。

黒髪黒目が多いニッポン人だが、ここでは茶色や金色の髪の者もけっこういる。アルフレッドのような彫りの深い顔の者も珍しくない。

雑多な人間がこれだけいれば、部外者《アルフレッド》一人ぐらい分からないだろう。何より、アルフレッドの空腹は限界だ。潜入を試みる価値はある。

「神を称《たた》えるためならば是非もないな……俺もカレーを心ゆくまで食うとするか！」

アルフレッドは一つ頷《うなず》き、人の流れに乗って建物へと入っていった。

◆

前の人間について地下へ降りると、思ったとおり大広間で多数の若者たちが食事を摂っていた。

殺風景で奥まった位置の、敢《あ》えてロケーションの悪い食堂……。

「ふむ、やはり使用人のための食堂だったか」

見たところ新規の入場者は壁際の窓口に並んで料理を受け取り、少し離れた所で金を払うシステムのようだ。

アルフレッドもカレーを受け取るべく、入り口に積まれた盆を一枚取って列に並びかけ……驚愕《きょうがく》した。

（提供される料理が、カレーだけではないだと……！）

白《ホワイトボード》いすべすべした板に手書きで書き殴られた文字には、〝今日のメニュー〟が書き連ねてある。

「今日はカレー」と書いてある……と思ったら、それ以外にもたくさんの料理の名が！

大人数分の料理を作らねばならない使用人の食事《給食》において、一番手っ取り早いのは一つのメニューだけを出すことだ。一度に大量に作れるし、全員同じなら待遇の違いで不満が出ることもない。苦情が来ない最善の方法だ。

なのにニッポンでは、使用人にメニューを選ばせるだと!?

「おいおい……大丈夫なのか、この食堂!?」

支給ではなく個々人が金を払うから、そういうシステムで構わないというのか？

それならそれで巧《うま》いやり方にも思えるが、ならば街の食堂に食べにいかせればいいのでは？

そんなことを考えていたアルフレッドは、他に何があるのか見ようとさらに白い板に近づいて……手に持った盆を落としそうになった。

やけに細かく説明が書いてあるなと思ったら……一行ずつ、全部違うメニューの名前なのだ。

出しているメニューが、二つや三つどころじゃない。軽く二十品以上はある。給仕を挟まず調理人から客が直接受け取る方式も斬新だが、使用人の食堂でこの品数というのがとにかく驚きだ。

「これでは本当に街の食堂と変わらないじゃないか……」

敷地も広大な施設だから、確かに街まで食べに出るのは難しいのかもしれないが……そんなことを考えながら呆然《ぼうぜん》とメニューを眺めていたアルフレッドは、料理の名前の終わりに書いてある数字に目を留め……絶句した。

カレーが……三百円だと!?


自分の目がおかしくなったかと思うぐらいに安い。

何度見直しても、間違いでもなんでもない。ついでに言えば大盛は三百五十円だし、隣の〝日替わり定食〟は四百円だ。

「なんと、市価の半額じゃないか！」

ニッポンの食事では牛丼屋がすごく安いと思うが、この従業員食堂《がくしょく》にはとても敵《かな》わない。

しかも、【今日の日替わり】と書いた横には……。

「唐揚げ定食（四百五十円）!? 唐揚げを……ビールの盟友である唐揚げを、コメに合わせるだなんて!?」

この食堂の料理人は、なんて挑戦的な試みをするのか！

唐揚げはアルフレッドの大好物だ。てっきり居酒屋でないと食べられないものとばかり思っていたのだが……。

カレーに、唐揚げ定食に、お値段は市価の半額。

夢のような取り合わせに、アルフレッドは本当に夢じゃないかと疑い……そして、この食堂の意味を理解した。

「なるほど、これが……」


ここの主人の人心掌握術か！


街中の食堂と変わらぬメニューを提供しつつ、外食するほどの負担もなく。好きなものを格安で食える専用食堂だなんて、それは関係者も士気が高まるに違いない。

こんな手厚い福利厚生《面倒のみかた》、雇われているほうも確かにやる気が上がるだろう。いったいなんの施設か分からないが……ここの主《あるじ》は、よほどのやり手と見える。

勇者の勘違いはぐるっと一周回って、〝学食〟の存在意義へ無事たどり着いた。

「ここの主人は、なんという知恵者なのだ。相当なやり手に違いないな……わが国の王宮も、こうだといいのになあ……」

ウラガン王国の王宮は住み込みの廷臣の給食はあっても、通いの役人は手弁当。

もし無事に魔王を倒して帰還したら勇者でなくなる《失業する》から、アルフレッドも男爵家の次期当主として王宮の役所へ勤めに出ることになる。

「家から持ってきた冷たい弁当を自分の机でモソモソ食うより、こういう食堂で出来立ての昼食を摂りたいな。魔王討伐の褒美に、王宮に設置してくれないかなあ……」

〝魔王を討伐できたらミリア姫と結婚して次期国王〟という約束を、アルフレッドはすっかり忘れていた。

◆

「さて、俺も並ばねば」

アルフレッドは決意も新たに盆を持ち直した。

「メニューがこうも多いと悩んでしまうが……うむ、やはり初志貫徹でいこう！」

今日はニッポンへ遊びにいかせてくれる神に捧げるため、カレーを食うと決めている。メニューの多さに目移りしてしまうが、ここはやはり変えるべきではないだろう。

そして列に並ぶこと三分。

意外に早く順番が来て、アルフレッドは意気揚々と盆を突き出した。

「カレーを大盛で頼む！」

「ここは定食のコーナーだよ」

アルフレッドは配膳口に並ぶ皿を確認した。

うん。どう見てもカレーじゃない。


二つ隣の窓口で若い男が、銀の皿に山盛りのカレーを受け取っている姿が見えた。

「なるほど。料理によって並ぶところが違うのか」

これだけ大量に客がいるのだ。確かに一ヶ所で注文をすべて受けるより、出す料理によって窓口を変えたほうが効率がいい。見ればなるほど、合理的だ。

……なのだが、初めての人間にもっと分かりやすくできないものか。

「カレーは向こうの列に並び直してね」

そしてメチャクチャ腹が減っているアルフレッドに、無情な宣告。

(なんと非情なことを言うのか……)

空腹すぎて今からもう一度、列に並び直す気力が……そう思った瞬間、アルフレッドは閃《ひらめ》いた。

アルフレッドは背筋を伸ばすと、胸を張って盆を構え直した。

「では、唐揚げ定食をいただこう！」


そう。

カレーをもらう列に並び直すためには、まずここで食前の栄養補給をしなければ！

「うむ、本当はカレーだけのつもりだったが……カレーを食べるために、まず唐揚げ定食を！　いやあ、仕方ないなあ。ちょっと贅沢《ぜいたく》な気がするが、これも神のためと思えば致し方なし！」
二連戦とは過酷な戦いだが、勇者たるアルフレッドが背を向けるわけにはいかぬ。

仕方ないとしきりに首を振りながらアルフレッドは、係の者が手早く唐揚げを盛りつけるのをよだれを垂らしそうな顔で見守った。

「ごはんのサイズは？」

「大盛で！」

◆

きっちり唐揚げ定食（ごはん大盛）を食べたアルフレッドは十分な英気を養い、あらためてカレーのコーナーに並び直した。すでに昼食は一人分を食べた形にはなるが……カレーを食べるのは神に感謝するためだから、省略するわけにはいかない。神に選ばれし勇者のつらいところだ。

「やはりカレー《大好物》は別腹だしな！」

うっかり本音を漏らしたアルフレッドは、自分の番が来ると勢いよくお盆を突き出した。

「大盛カレーを、大盛で！」

◆

「大盛カレーを、大盛で！」

〝屋上屋《おくじょうおく》を重ねた〟ことを言われ、学食に勤めて四十年のパートのオバちゃんは思わず相手をまじまじと見てしまった。

留学生らしい外国人の男の子だ。なかなかいい体つきをしているが、金はなさそうな顔をしている。

（『大盛カレーを大盛で』かい……久しぶりに聞いたねえ、そんな言葉……顔を見りゃ分かるね。コイツは、とびきりの腹ペコ野郎だ！）


昔は満足に食えない学生も多かった。特に体育会系の学生なんかいつでも腹を空《す》かせていて、少しでも盛りをよくしてくれと必死なものだった。

（いつ頃からかねえ、そんな子も消えちまったのは……）

今どき珍しいハングリーな学生にオバちゃんは、フッとニヒルな笑みを浮かべて一番デカい皿を手に取った。

「あいよお、大盛カレーを大盛ね！」


業務用の特大しゃもじを開けっぱなしの炊飯器に突き立て、二すくい。

一すくいで並盛。二すくいで大盛だ。

だがさらに、もう二すくい！　それを熟練の技術で崩れないように高く積み上げ、カレールーのスペースを潰さないようにする。

（まだこんなに飢えた男がいたなんてねえ……そうだよ、学生ってのは前のめりで飯に喰《く》らいつくぐらいじゃないとね！　たっぷり食べて、よく勉強するんだよ！）

うずたかく積み上がったライスの麓へはもちろん、たっぷりのカレーを大海の如《ごと》く注ぎ……。

「あいっ、大盛カレー大盛お待ちぃ！」

◆

一時間後、アルフレッドはよたよたと芝生を歩いていた。

「ガクショクというところは安いのだなあ」

カレーに具らしい具が入ってなかったのは残念だが、値段を考えれば仕方ない。

しかもなぜかアルフレッドのカレーは、他の者の注文よりあからさまに盛りつけが多かった。

「まさか、本当に大盛を大盛にしてくれるとは……」

さすがのアルフレッドも、自分が勢いで言ったセリフであんな盛り方をしてくれるとは思ってもいなかった。それでも大盛分しか金を取られなかったので、とてもありがたい。

「あの量には難儀したが、まさかこっちから頼んでおいて残すわけにもいかないしな」

神に捧げると決めた食事を、食いきれなくて捨てるなんてとんでもない。

唐揚げ定食を食ったうえで、あの超特盛カレー。アルフレッドは、もう死ぬ気で頑張った。先日ゴブリンに襲われた時より頑張った。自業自得だ。

おかげで今、心は満ち足りたが……腹は非常に苦しい。

「しかし〝今日のお勧め〟が唐揚げ定食だったというのは、なんか運命を感じるな」

居酒屋のメニューでも特に好きな鶏の唐揚げ。ここの食堂はそれを〝定食〟にアレンジしていた。

「ビールの友をコメと合わせるという、意欲的な挑戦は驚いた……〝当たり前〟を常に疑う姿勢、賞賛に値するな」

カレーも唐揚げも格安で食える。創意工夫も大したものだ。

アルフレッドは、またここに食べにこようと心に誓った。

◆

さて。

食べすぎなほど食べ、腹が落ち着いたら眠くなってきたが……。

アルフレッドは周りを見回した。

「聞けばここは賢者の学院だというし……この辺りの芝で昼寝などしてはいかんよな？」

そんなことをしているヤツは見る限り、視界の中に一人もいない。

腹がいっぱいになったので少し横になりたいが、自分は勝手に入った部外者の身。悪目立ちもしたくない。

どうしたものかと思っていると……視界の端を不審な男が小走りに通りすぎるのを、アルフレッドの鋭敏な五感が見咎めた。

「なんだ、あいつ？」

服装は他の者と大差ない。だがなぜか周囲を窺《うかが》いながら、人目を避けるようにとある建物に入っていく。

「……不審者だとしたら、捨てておくわけにいかんな」

自分も無断侵入者なのを忘れ、アルフレッドは勇者として男の後を追いかけた。

◆

不審者（仮）の後を追って建物に入ってみると、廊下の先に先ほどの男の姿があった。扉を開けて、そっと中を覗《のぞ》き込んでいる。

「ますます怪しい……」

アルフレッドも足音を忍ばせ接近を試みたが……近寄っていく途中で、男は静かに中へ入ってしまった。

遅れて到着したアルフレッドもそっと扉を開けてみる。

途端に拍子抜けした。

「……あれ？」

何か重要な物を保管している部屋かと思いきや……広い部屋に多数の学生が座り、初老の男が何やら小声で話していた。

アルフレッドの危惧した事態は、まったくの見当外れ。

「これ、ただ講義をしているだけだよな……？」

アルフレッドは虚を突かれて呆然《ぼうぜん》とした。


見れば、今入っていった男も部屋の後ろのほうで座っている。

「講義を受けるなら、なんであんな不審な入り方をしたんだろう？　普通に入っていけばいいのに」

アルフレッドの知識に、遅刻をごまかすという学生の常識はない。


それに、おかしなのは男の態度だけじゃない。

「……いったい何をしているんだろう？」

授業中かと思いきや、ほとんどの人間が座ったまま寝ている。前のほうの学生は黒板を見て話を聞いているようだが、後ろのほうが全滅だ。

男と部屋の様子。

おかしなこの状況を考えてみたアルフレッドは、一つの結論に行きついた。

「……そうか。さすがは賢者の学院だ」

昼食を食べれば眠くなる。自然の摂理だ。だが庭で寝転ぶわけにいかない。

なので、〝昼寝のための部屋〟を用意していると。

「後ろが利用者、前が技術を覚えようという志願者か」

それなら、皆の安眠を妨害しないようにそっと入るのも納得だ。

「導師が専属で〝安眠の呪文《スリープ》〟をかけてくれるというのも親切だな」

納得したアルフレッドは、自分もお世話になろうと室内に入る。

そして一般教養科目「哲学概論」を、目を閉じて静かに聴講し始めた。

第6話　勇者、コンビニでエキサイトする

いつもどおりにニッポン世界へ来て楽しく飲み、ホテルで寝入ったアルフレッド。

しかし今日はなぜか、おかしな時間に目が覚めてしまった。


カーテンをめくって外を眺めても。

「空がまだ真っ黒だ。チラッとも白む様子もないし、これは夜明けまで時間がありそうだなあ」

ニッポンの夜は非常に明るくて、街灯もビルの照明も点《つ》きっぱなしだが……ビルの谷間から見える街路には歩行者の姿がまったくない。

宵の口なら、たとえこんな暗さでも街は人で溢《あふ》れているのがニッポン。そうでないところを見ると、やっぱり今は真夜中のようだ。

枕もとの時計を見れば一発で分かるのだが、アルフレッドは〝時計〟という文明の利器自体を知らない。

「うーん……」

アルフレッドは唸《うな》った。

どうしたらいいかといえば、寝直すのが一番なんだけれど……。

YUSHA WA HITORI, NIPPON DE

なんだか今は、妙に目が冴《さ》えてしまっている。

もちろん二度寝はするつもりだ。

アルフレッドはニッポン世界の酒をこよなく愛しているけれど、「ホテル」のクッションが効いた上等な布団も大好きだ。

素晴らしい布団で心ゆくまで惰眠を貪り、スッキリ目覚めたところで宿が出してくれる食べ放題の朝食をモリモリ食べるのがたまらない。アレは素敵な習慣だ。別料金を払っても粗末な物しか出てこない、我が世界の旅館の朝食とは大違いだ。

だからこのままもう一度、布団に入ってもいいのだけど……。

「治安のいいニッポンだ。町があんなに明るいし、この時間に外歩きというのもおもしろいかもしれないな」

アルフレッドはそんな酔狂なことを思いついた。

自分の世界でこんな真夜中に、街をふらつくのは自殺行為だ。

歓楽街でさえ寝静まる時間に外を歩く者といえば、夜盗か自警団のどちらかしかいない。深夜の外出は犯罪者に襲ってくれと言っているようなものだし、でなければ警備の者に犯罪者じゃないかと疑われて捕まってしまう。

それに何より、ただ暗いだけの街並みを歩いたって何もおもしろくない。

だからアルフレッドは自分の国で、夜中の街を歩いたことがない。

「初めての夜歩きを、ニッポンの街でやってみる……」

悪くない。こいつはおもしろい試みだ。

アルフレッドはそうと決めると、ウキウキと寝間着を脱ぎだした。

◆

「ほおぉ……見事に無人だ！」

交差点に立って周囲を見回し、アルフレッドは感嘆してつぶやいた。

ニッポン世界は人が多い。そのニッポンの街にここまで人っ子一人いないというのは、アルフレッドにとって初めての経験だ。

「深夜なのだから無人は当然にしても……やはり灯《あか》りが点けっぱなしなのだなあ」

パレードもできそうな大通りには、なぜか煌々《こうこう》と灯りが点いている。まるで、世界から人間だけが消えたかのような景色だ。人がまったく通らないのが分かっていて、なぜ点けっぱなしなのだろう？

照明だけではない。歩行者が道を横断していいか指示する赤と緑のランプ《信号機》も、誰も待っていないのに交互に点いたり消えたりを繰り返していた。

「ニッポンはかなり繁栄しているみたいだが、さすがにこれは無駄《むだ》遣いじゃないか？　この灯りがもったいないと思わないのかな？」

地平線まで続きそうな道路の両側に、はるか彼方《かなた》まで街灯の光が続いている。貧乏貴族のアルフレッドとしては、この論外の贅沢《ぜいたく》に使われる灯火油の代金が気になる。

「もしや照明の構造上、いちいち消すほうが大変だとか？　……いやでも、朝には消えているしな」

何度考えてもよく分からない。


「まあ、人様の財布事情についてとやかく言うのも品がないな」

アルフレッドはそれ以上考えるのをやめることにした。

どうせこの照明代はニッポンの誰かが払っているのであって、アルフレッドに請求が来るわけじゃない。それに今アルフレッドがするべきは真夜中のニッポン探検《お散歩》であって、灯りの仕組みを考えることじゃない。

「俺はどうせ観光客《異世界人》だしな。客なんだから素直にこの夜景を楽しませてもらおう」

そう一人納得すると、アルフレッドは無人の街を歩き出した。

◆

街灯が点きっぱなしの理由はともかく、ライトアップされた無人の大通りは歩くだけでおもしろい。立ち並ぶ店は皆閉まっているので、中に入ることはできないが……それを差し引いても楽しむことはできる。

アルフレッドは普段気に留めていなかった窓をいちいち覗《のぞ》きながら歩いた。

「昼間は人目があるから、のんびり店の中を覗いたりできないんだよなあ」

小心者の勇者は、店員に見咎《みとが》められるのが怖いのだ。今は誰もいないので、「商売の邪魔だ！」とかいって追い払われる心配もない。

……本当に魔王討伐なんかできるのか、心配なメンタルではある。

「これ、本当にガラスのようだな」

アルフレッドは前から気になっていた、ガラス壁《ショーウィンドウ》を撫《な》でてみた。

「ガラスだけでできた壁……そういう店が多いが、なぜ夜盗に襲われないのだろう？　これ、レンガや石みたいに強度があるとか？　そんなバカな」

どうにも分からない〝ニッポンの不思議〟に首を捻《ひね》りながら歩いていると、こんな時間にも営業している店が目に留まった。

「む？　あれは……〝コンビニ〟だな」

利用したことはないけれど、その存在は知っている。それぐらい、ニッポンの街のあちらこちらにある店だ。

「へえ、コンビニってこんな時間でもやっているのか。なるほど、そりゃあ便利だ」

どこにでもあるうえに、こんな真夜中でも開いているとは。ニッポン人が便利だと言うわけだ。

（…………待てよ？）

一瞬感心したアルフレッドだったが、自分でそう口に出してから違和感を覚えた。

「……いくら便利だからって、こんな時間に店を開けてるものか？　本当に？」

今はもう夜明け前……。

常識で考えて、通行人もいないこんな時間に客が来るとは思えない。

アルフレッドはハッとした。

「もしかして、店員に何かあって店を閉められなかったんじゃないのか？」

そうだ。

こんな時間に営業なんてしているはずがない。

アルフレッドは慌てて駆け寄り、明るい店内を覗き込んでみた……が。

「あれ？」

店員は普通に掃除をしているし、壁際で何かを見ている客もいる。

どうやら、本当に営業しているみたいだ。

「……信じられないな」

営業しているのもそうだけど、こんな時間に客がいるのも信じられない。

「あいつ、こんな時間にフラフラ出歩いて大丈夫なのか？」

そうつぶやくアルフレッドも、人のことを言えた立場ではない。

◆

普段は用事がなかったから、コンビニを利用したことはなかったけれど。

「せっかくだ。この機会に俺も入ってみるか」

夜明け前に開いている店なんて非日常、地元《ウラガン》ではありえない。珍しいニッポン世界を見てみたくてうろついていたのだから、それもいいだろう。


「ほおー……」

アルフレッドが訪れるのは居酒屋などの飲食店ばかりなので、コンビニの店内を見るのは初めてだ。

規模は小さいながらも、ときどき買い出しにいく〝スーパー〟と品揃《しなぞろ》えは似ている。見覚えのある品があったので、手に取ってみた。

「全体にスーパーより少し高いか？」

希望小売価格というものは、彼の理解の範囲外にある。

「だがまあ……夜中に店を開けているわけだしな」

その値段も、こんな時間まで危険を冒して営業しているのなら妥当な話か。

やっぱりアルフレッド《異世界人》は夜盗が気になる。


先に入っていた客が、ガラスの壁際で本を読むのをやめて店内をぐるっと回り始めた。

横目で観察していると、いくつかの商品をピックアップしてレジへ持っていく。そして支払いを済ませた彼は、なぜか外へ行かずに別の場所に立ち寄り……。

「えっ⁉　あれ、お湯か⁉」

今買った〝カップラーメン〟という美味《おい》しいヤツに、常に沸かしてあるらしい釜から湯を注いでいる。そして奥まった場所に並んだ机に座って、出来上がるのを待ち始めた。

ごく当たり前というような客の行動を見て、アルフレッドは（いつもどおり）カルチャーショックを受けた。

「こんな時間まで営業しているうえに、湯を提供して食べる場所も用意しているだと⁉　これでスーパーよりわずかに高いだけだなんて……」

むしろコンビニって、安いんじゃないか⁉

「やはり世の中、何事にも理由があるものだな」

価格設定が高めな理由に、アルフレッドは納得して頷《うなず》いた。

◆

「……ところであの客は」

壁際で、なんの本を見ていたのだろう？

立ち読み、というものはニッポンではよくある風景らしい。アルフレッドも普段コンビニの前を通りかかるたび、人々が窓際に並んで本を読んでいるのをよく見かける。

落ち着いて本が読める姿勢ではないから、何か軽い読み物のようだが……。

アルフレッドの世界では、そもそも本なんて学者か神官ぐらいしか読まないと相場が決まっている。本が娯楽になりうると、勇者はニッポンに来て初めて知った。

人々が職業問わずに〝立ち読み〟しているのを見て、昼間から仕事はどうしたのかな？　ぐらいには思っていたが……今までそこまで気にしなかったけど、こんな時間に、しかもわざわざ家から出てきてまで読んでいるのだ。よほど大事な知識が得られるに違いない。

どうしても気になったアルフレッドは、彼が立っていた辺りに行ってみる。

「……」

精細な絵《写真》が表紙の、薄い本《写真週刊誌》が並んでいる。

一冊、書架から抜いてみた。

「……」

表紙を飾る絵は、非常に薄着の女性《水着グラビア》だった。

じつのところアルフレッドは、女性の〝その程度〟の姿は日頃から見慣れている。

ニッポンの人間はやたらと肌の隠れた服装だが、アルフレッドの世界は一年を通じて常に暖かい。

なので女性も男性も、ニッポンより薄着なのだ。

特に武芸者は魔法防御の施された装備を持っていると自慢する意味もあって、かなり肌が見える動きやすい服装を好む。

具体的には、勇者パーティ《仲間》が普段からそういう格好だ。

だが、それとこれとは別。

むしろ普段は肌を見せないニッポン人が、敢《あ》えて〝こういう格好〟をしているのは……そろそろ結婚適齢期に入るアルフレッドには、大変興味深い。

手に取ってめくってみる。

「……ほお」

表紙と同じような絵が、フルカラーの全身像で次々と登場する。

「ふーむ」

どんどんめくっていくと途中で文字ばかりの黒一色のページに変わったりもしたけど、後半に差し掛かったらまた女性の絵が始まって……。

「えっ⁉　……ふおおっ、なんとっ！」

今度はなんと、一糸まとわぬ姿が現れたではないか！

「これは……こんな時間に見にくるのも納得だ！」

アルフレッドの世界の住人が、いかに普段から薄着だろうと。さすがに下着一枚つけていない姿というのは、そうお目にかかれるものじゃない。

繰り返すが、アルフレッドはお年頃。

「……前半の薄いの一枚着ている姿は、前段階ということか！」

下着を脱げば、裸になる。

これはどんな世界でも変わらない、真理ではないか！

すっかり引き込まれたアルフレッドは、そこに並んでいるだけの本に片っ端から目を通し始めた。

◆

勇者パーティの剣士兼ミリア姫の護衛騎士バーバラは眉をひそめた。

なんだか、今日はアホで軟弱な勇者《アルフレッド》の視線が気になる。

アルフレッドはついつい、横で寝床の準備をするバーバラに気を取られていた。

野営地で焚火《たきび》を熾《おこ》し、勇者パーティのメンバーは交代で警戒しながら野宿の準備をしている。

ちょうどアルフレッドと入れ替わりで休みに入るバーバラが、装備一式を外して鎧《よろい》下着になったところだった。

その下着が、ニッポンの薄い本で見た〝ばいれぐわんぴーす〟という物とそっくりなのだ。

つまり、バーバラもアレを一枚脱げば裸なわけで……。

艶やかな黒髪を腰まで流し、アメジストのような輝く双眸《そうぼう》が印象的なバーバラは二十歳。アルフレッドより二つ年上なこともあり、だいぶ大人びて見える。

クールな女騎士は凛《りん》とした雰囲気を漂わせていてスタイルも相当によく、これで無愛想でなければ宮廷でも相当にモテるだろう。

特にニッポン人にはない派手に抉《えぐ》れたくびれと……見事な球体の大きな胸、引き締まった上向きの尻が、なんとも……。

そんな彼女を盗み見ながらアルフレッドは、本にでかでかと書かれていたキャッチフレーズを思わず口に出した。

「メロン乳……か」

自分の失言に彼が気がついた時には、もう遅かった。

珍しくもミリア姫が止めに入るまで……アルフレッドは真っ赤になった女騎士に、鞘《さや》に入った剣でしこたま殴られることになったのだった。

剣士バーバラの受け止め

勇者任命の際、バーバラは聞いたことがない名前にもまったく動じなかった。

そのアルフレッドとやらを知っていたわけじゃない。逆に多数いる貴族に自分の知らない者がいてもおかしくないと思っただけだ。

しかし、まさか呼び出しに応じないとは思わなかった。

あげく壇上に連れてこられてからもあれこれ言って神託を認めようとしないし……自分にも他人にも厳格なバーバラは、その男らしくない振る舞いに非常に心証を悪くした。

(なんだ、この男は!? これが王国貴族か？　情けない！)

そう怒鳴りつけたかったけど、そんなことをしていい場ではない。厳粛な儀式の最中であるのを思い出し、バーバラは喉まで出かかった罵声をどうにかして飲み込んだ。


あの日から二ヶ月。

「何をやっている！　腰を据えて背筋を動かすな！　体幹がなってないぞ！」

素振りをしているだけなのにフラフラよろけている〝勇者〟のダメっぷりに、バーバラは彼に対する評価をさらに下げていた。

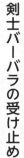

「そ、そう言われても……」

「無駄《むだ》な動きが多いから疲れるんだ！　太刀筋《たちすじ》をふらつかせるな！」

基本中の基本ができていないと勇者を叱り飛ばすバーバラだが、それができないのが初心者というもの。余計な動きが多いから疲れが溜《た》まり、疲れているから剣先がふらつく。アルフレッドは「鶏と卵とどちらが先か」状態なのだけど、教育係はお構いなしだ。そのレベルを十年も前に克服したバーバラには、できないということが理解できない。

「し、死ぬ……！」

「こんな基礎訓練ぐらいで大げさな……しかたないな。素振りはいったんこれでやめるか」

助かった、と笑みを浮かべるアルフレッド。今日はこれで解放されると思ったようだ。

だがバーバラは、そんなナマ優しい教官ではない。

「よし、それじゃアルフレッド。次は内門の一本杉までダッシュで五往復だ」

「ちょっと待ってくれ!?　この状態で!?」

「この状態だから、こそだろう」

へたり込んだアルフレッドに、バーバラは平然と返す。

「せっかく身体《からだ》が限界の今だからこそ、さらに追い込んで身体能力を基礎上げするんだ。魔王軍相手に逃走せねばならない時に、疲れているからいったん休憩などと言えるのか？」

「で、でも!?　すでに足腰がまっすぐに伸びないくらいにひきつっているんだけど!?」

「今はまだよたよた歩きで時間もかかるかもしれん。だが繰り返していくうちに身体が負荷に慣れ、素振り千回の後でも軽々と走れるようになる」

繰り返すが、バーバラははるか昔にこの段階をクリアしているので（以下略）。

アルフレッドはヒイヒイ言いながらも、なんとか腰を上げて走り出した。まだまだひ弱ではあるが、指示に従順なところは長所と言えよう。

……本人的には、木剣を振り回す鬼教官《バーバラ》が怖いだけなのだが。

バーバラはそんな初心者勇者の背中に声をかけた。

「おいアルフレッド。荷物を忘れているぞ」

「に、荷物……!?」

何それ!?　と言いたそうな顔で振り返るアルフレッドに、バーバラは用意してあったバックパック（砂入り）を顎《あご》で示してみせた。

「重石《おもし》を担いで走ることで、脚力と背筋力をつけるんだ。これに慣れれば、重石をつけずに戦う実戦ではじつに身体が軽く感じる」

「だろうな！　騎士はみんなこんな訓練やってるのかよ!?」

「こんなのは入門編もいいところだ。この程度の基礎トレーニング、騎士団に入る前に皆済ませているぞ」

遠くから二人の訓練の様子を眺めていた若手の騎士たちは、背中にデカいバックパックを背負って走り出す勇者を見送った。歩くほうが速いくらいのスピードはともかく、そもそもまっすぐ走れていない。無理もない。

「相変わらず、バーバラのムチャなしごきはえげつないな……」

「バーバラ隊長は自分ができることは他人もできると思ってますからね……入団試験に合格できた志願者でさえ音を上げたのに、あんな素人にいきなりやらせたら……」

「俺、なんかあの勇者のガキに同情してきたわ……」

◆

「どう？　アルフレッドは少しはものになってきた？」

敬愛するミリア姫に聞かれ、バーバラはかしこまって答えた。

「正直、まるでダメです」

「でしょうね」

申しわけない思いで報告したものの、それを聞いたミリアは平然と頷《うなず》いた。

（さすがの洞察力だ）

騎士は聡明《そうめい》な主君に、ますます尊敬を強くする。

……まあアルフレッドの様子を見れば、二ヶ月程度の付け焼刃でなんとかなると思うほうがおかしいのだが。

ミリアは困ったように頬に手を当てた。いや……本当に困っているようで、眉間に深く皺《しわ》が寄っている。バーバラとしてはミリアの綺麗《きれい》な御顔にそんなものが刻まれて、取れなくなりでもしたらどうしようとハラハラする。

「質問を変えるわね。アルフレッドをなんとか討伐の旅に連れ出すことはできそう？」

「と、仰《おっしゃ》いますと？」

「事情が分かっている国内は、まだいいのだけど。勇者誕生の噂《うわさ》を聞いた他国では、まだ出発しないでぐずぐずしているのか……という声が上がり始めているのよね」

「大事な連絡はやたらと日数がかかるのに、この手の噂話だけはあっという間ですね」

「本当に。でも我が国としても、『自国さえ守れればいいと思って勇者を抱え込んでる』なんて悪評が立つと困るのよ。だから形だけでも魔王討伐に出て、あちこちに顔を見せておかないと……」

ミリアの苦々しい表情に、バーバラも言葉を失った。

魔王軍の襲来で困っているのはどこでも一緒。そういう苦しい情勢の時こそ、根も葉もない噂が広がりやすい。誰だって疑心暗鬼になっている。

バーバラは考えてみた。

（アルフレッドの仕上がりは正直絶望的だ。今魔王討伐に出かけたって、役に立つとは思えない。かといって今のままでは姫様が板挟みになって諸外国との関係も難しいものになる……）

こういう外交問題だの損得計算だのは、正直バーバラの苦手なところではある。「これをやれ！」と命令されれば、「ハイ分かりました！」とどんなに不利でも突っ込んでいくことにためらいはないのだが……。

（だけど今は、姫が判断に困っておられるのだ。こんな時にこそ助言できなければ、私が勇者の教育係に任命された意味がない……）

バーバラは決断した。

「分かりました。とにかく魔王討伐に出発しましょう！」

状況が状況なら、是非もない。

「……なんとかなるの？」

簡単に決断した教育係に、むしろミリアのほうが怪訝《けげん》な顔になる。

「助かるけど……アレをいきなり討伐行に出して大丈夫？」

「正直不安しかありませんが、時間切れなら仕方ないでしょう。教えきれないなら、現場で育てればいいだけです」

「本当に大丈夫なの……？」

「なあに、実戦こそ最良の訓練ですよ」

ミリアが不安そうに重ねて念を押すが……バーバラは胸を張って保証した。

「厳しい戦場が強い兵を作るんです。あのぼんくらアルフレッドも、魔王に二、三回ぶつければきっと勇者らしくなります」

王国騎士バーバラ。

名門の騎士の家柄に生まれ、持って生まれた才能と敢闘精神で（いろんな意味で）名声を得てきた彼女は……見てのとおり、割り切りだけは早い脳筋であった。

そして敬愛する主君ミリア王女の幸せを何より願う彼女にとって、ミリアのメンツとアルフレッドの命、どちらが重いかといえば……忠義の騎士にとって、一考する必要もない。

「そうと決まれば出発までにできるだけ仕上げる必要がありますね。明日からはさらに絞り上げます！」

「いや、本当の本当に大丈夫？　出発前にあのアホを殺さないでよ？」

「お任せください！」

「何を!?」

◆

「……あんまりムカつく男だったからダメもと半分、嫌がらせ半分でバーバラ《超スパルタ教官》を教育係にしたのだけど……」

勇んで部屋を出ていくバーバラを見送り、別種の心配が芽生《めば》え始めたミリアは浮かない表情でため息をついた。

「さすがに可哀想《かわいそう》になってきたわね。訓練で殺される前に、少しでも早く出発したほうがいいかしら」

第6・5話 姫、ふがいない勇者への怒りに歯ぎしりする

YUSHA WA HITORI, NIPPON DE

「……勇者め」

眉間に皺《しわ》を寄せながら、苦虫を噛《か》み潰したような顔でミリアは吐き捨てた。

セリフだけ聞くと魔王軍の幹部のようだが、御年十六歳のミリアはむしろ逆の立場。魔王から国を狙われているウラガン王国の王女様だ。

栗色のウェーブがかった髪と気品を感じさせる整った容姿が特徴で、貴族のみならず王国民からも敬愛されている。

そんな模範的な美姫《びき》が、なぜ勇者を呪詛《じゅそ》するような独り言をつぶやいているのかというと……。

単純明快、気に食わないからである。

国王の娘という立場である以上、救国の勇者をそしる言動は本来は非常にまずい。

特にミリアが口に出すのはマズすぎる。

というのも彼女は。

勇者とともに神託により聖女に任命された勇者パーティの一員であり、
最も密接に連携しなくちゃならない戦いのパートナーであり、
魔王に勇者が勝利したら（褒賞《ほうしょう》として）勇者と結婚することになる将来のパートナーでもあり。

だが、それこそが——特に最後のが——姫にとっては非常に気に食わない。

「なぜ私が……！」

ミリアは腹の底から怒りが湧いてきて、ギリギリと奥歯を噛み締める。

その怒りは深く激しい。持っていた木製のコップを握りつぶすほどに。

◆

ミリアとて、国王の一人娘として育った身。

（将来自分は政略結婚で、好きでもない男と結婚するんだろうな……）

とか、

（貴婦人の有り方として、好みでない男でも誠心誠意尽くさないと……）

とか。

成長して自分の立場を自覚するにつれ、そういう〝我慢しなくてはならない立場だ〟という思いをアレコレ心に刻んできた。王女の生涯に自由な選択など存在しない。せめてマシな人生が向こうから来てくれるのを祈るばかりなのだ。

だから勇者が魔王討伐を成功させれば入り婿になるという話はむしろ、「これなら他国に嫁がないで済む」とほっとしたぐらい……だった……のに！

その肝心の勇者が。

顔を覚える必要もないような下っ端貴族で、
その言動が勇者としてはあまりに頼りなくて、
男としての魅力に欠けたひょろひょろの気の利かないヤツで！
なんであんなのと自分が結婚しないとならないのか！　……という思いが、日ごとに増してゆく。

◆

ミリアはいったん落ち着こうと深呼吸をし、ついでにコップを握りつぶしたはずみで濡《ぬ》れた手をハンカチで拭《ぬぐ》った。

「確かにまあ、年頃も近いですし？　顔はまあ、選択肢がない中で我慢しろと言われれば及第点を出さないでもないレベルではありますが……」

そのあたりは政略結婚の相手として、悪くはない。親ほど歳の離れたスケベジジイの元に送り込まれる可能性もあったわけで、それについては素直に嬉《うれ》しいと言ってやってもいい。

だが。

「あの男は……」

生涯の伴侶と頼りにするには、人として大事な気配りや頼りがいに欠けている。

どうにも抜けているというか、気が利かないのだ。もちろん魔王討伐の旅は宮中のセレモニーではないのだから、何を言わずともスッと手を差し出す貴公子のような真似《まね》をしろなんて無茶なことは言わないが……。

「婦女子が『お花を摘みに』と言えば普通は男でも分かるでしょう!?　暗黙の了解でしょ、そんなの!?　それをあのアホは、『急いでいるのでまた今度にしてください』!?」

バカなの!?

常識がないの⁉

それとも高貴な淑女《ミリア》に「トイレに行きたい」と言わせたいサディストなの⁉

もしも一番最後が正解だったら、魔王なんかもうどうでもいいから今すぐヤツ《勇者》をぶっ殺す。

「余計なことまで思い出してしまったわ！　ああ、もう……」

深くため息をついたミリアは、そっと化粧台の前に腰かける。

本当にあのバカは腹立たしい。

「あげくの果てに……！」

気に食わないのは機転が利かないところだけではない。

たかが男爵嫡男風情《社交界のド底辺》が……これ以上ない名誉を山ほど与えられているのに、やる気を見せないどころかすぐに不平を言い出すのだ。

栄誉ある勇者の立場を、「神託を受けたから仕方なく」？

せっかく勇者に任命されたのに、「できることなら他人に譲りたい」？

約束された次期国王の地位は「重すぎる」？

そして……ミリアの婿は「勘弁して」？

ここ、非常に重要。
大事なところだから繰り返す。

〝国民に人気があり、他国からも縁談がひっきりなし〟のミリアの婿になれるという〝どんでもない幸運〟を……。

「勘弁して」？

「そっちが言う!?　それはこちらのセリフよっ！」
ミリアは化粧台を拳で叩《たた》いて吠《ほ》えた。
姫が叫ぶなどはしたない、と言われたって、これは怒鳴っても仕方ない。
ミリアとて恐ろしい魔王討伐のパーティに選ばれ、あげくゲームの景品のように下げ渡される身の上に思うところはあるのだ。

だけど、すべては国のため。

父王のため、国民のため、国の行く末の安寧《あんねい》を願って……言いたいことをすべて飲み込んで、黙って笑顔で手を振っているのだ。

そうやって我慢して妥協して、堪《た》え難《がた》きを堪え、忍び難きを忍び、顔どころか家名さえ覚えていないような男爵令息ごときを勇者として立ててやっている、というのに……。


〝ミリアの婿は勘弁して!?〟


「人前で口に出すほど私との結婚が嫌なの!?　この私よ!?　〝ウラガン王国の白百合《しらゆり》〟と呼ばれるこの私のことが!?　貴族の義務も位人身《国王就位》を極めることの損得も計算に入れて、それでも我慢しきれないくらいに私が嫌だっていうの!?」

勘弁してと言いたいのは、忍耐力の限界まで我慢を重ねているミリアのほうだ！

「そもそもあいつ、初めに顔見せにきた時はやたらとへりくだってゴマをすってきたじゃない！　それが慣れた途端に態度は大きくなるわ、結婚がイヤだと言い出すわ……」

そのあたりは誤解なのだけど、王族のミリアに底辺貴族アルフレッドの心情は分からない。

怒りに震えていたミリアは、そこでハッと一つの可能性に気がついた。

「まさか……素の私を知ったから、とか……⁉」

自分の思いつきに愕然《がくぜん》とする。

公人として、彼女が外ヅラを取り繕っているのは事実だ。姫たる者、思ったことをストレートに外に出すなんてとんでもない。

でもそれにしたって、プライベートと極端にイメージが違うほどのことはないはず……たぶん。きっと。

「いやいや、ありえないわ。国（と私）をもらえるチャンスを捨てたくなるほどの欠点が、私にあるはずが……！」

慌てて否定するものの。

一度思いついた想定に、一転してミリアは不安になった。

もちろんミリアもバカではない。自分があれこれ賞賛されているのは話半分に聞いている。

他国からの縁談は王国に入り婿という付録がついているからだし、臣下や民からの絶賛にはお世辞も含まれているだろう。

だけど！

「少なくとも私、そこらの貴族令嬢の〝平均〟よりは上だと……女として、決して見劣りはしないと自負しているのに……！」

あの男はそれを、

〝嫌な仕事《魔王討伐》を断れなくて引き受けたら、手間賃《報酬》が物納《王位》なうえに余計なおまけ《ミリアと結婚》がついてきた……〟

などと言わんばかりの、あの態度！

「ああ、もう……なんなの？　あの男、私にどういう不満があるのよ……」

女のプライドを無意識・無自覚・無頓着に傷つけてくる「あの男」。

ミリアはヤツのことを考えると、礼節を思わず忘れてしまうくらいに苛立《いらだ》ちを我慢できなかった。

◆

ノックの音がしたので顔を上げると、隣室で待機していた護衛のバーバラが心配そうに顔を出した。

「姫、大きな音がしましたが……!?」

「ああ、バーバラ。ごめんなさい、ちょっと腹立たしいことがあったものだから」

「どうされました!?」

ミリアは平静を装ったつもりだったが、女騎士は表情を曇らせた。

バーバラはミリアより四つ年上の側近で、なんでも話せる相談相手でもある。

漆黒の絹のような長い黒髪と、対《つい》になる白皙《はくせき》の怜悧《れいり》な美貌。彼女はミリアから見ても、ため息が出るほどに美しい。

すらりとした細身の長身と取って付けたような豊満な胸元は、大人の女性に憧れるミリアも素直に羨ましいと思う。

（私がバーバラのようだったら、あの勇者《アルフレッド》も夢中になってくれたのだろうか……）

益体《やくたい》もない考えが頭に浮かび、ミリアは慌ててそれを振り払った。


「気にしないで。大した話じゃないのよ」

「本当に大丈夫ですか？　ただ事ではない感じでしたが」

「大丈夫ですわ。ただ、アテにならない勇者に腹を立てていただけ」

冷静に見せてうっかり本音をしゃべってしまったあたり、ミリアはまだ苛立ちを抑えきれていない。

「なるほど、今の大きな音はそれでしたか」

普通ならちょっと引いてしまうであろう姫の発言に、忠義の騎士は大まじめに頷《うなず》いた。

そして腰に下げた剣に手をかける。

「分かりました。すぐに手討ちにいたしましょう」

「待ちなさい」

冷静に見えて正気じゃない側近の反応に、一瞬で頭を冷やした王女は慌てて制止をかけた。

元々武人として頼りなさすぎる勇者に、根っからの騎士であるバーバラは辛口だったが……先日セクハラ《メロン乳》をかまされてからは、態度に厳しさが増した気がする。

（いったい、どういう文脈でああなったのかしら……？）

四角四面で元から冗談を理解しない超堅物騎士《バーバラ》に、あの発言は別の意味で〝勇者〟だったとは思う。

◆

護衛騎士の過剰反応をとりあえず抑えたミリアは、冷静になれとたしなめた。

「それは魔王を倒してからにしなさい」

そこ大事。

「はっ、考えが足りませんでした」

素直に剣を鞘《さや》に納めたバーバラを下がらせ、ミリアはまた一人になると窓から空を見上げた。

明日からまた、あてどもなく魔王の手がかりを探す旅が始まる。

つまり、またしばらくのあいだは……あの無神経男と四六時中顔を突き合わせる、不愉快な日々が始まるということだ。

今日、何度目か分からないため息をミリアは吐き出した。

そこに含まれた切なさに、本人さえも気づかずに。

「ふんっ……どうせあの男、なんとも思わないのでしょうけど……」

こんなことをしても無駄《むだ》だと、自分でも思いながら……あのムカつくクズ勇者を少しでも魅了《振り向かせる》するべく、ミリアは魔道具にかこつけた装身具《アクセサリー》を選ぶ作業を再開した。

まったく、これっぽっちも、ほんの僅かでも期待なんかしていないけれど。

超鈍感男が万が一にも、ミリアの美しさに見惚《みと》れることを願って。

第7話 勇者、キネマに溺れる

〝学食〟を「安く飯が食える場所」と認識したアルフレッドが、今日も今日とて学生に紛れて大盛カレーを食べていると。

後ろの席に座った三人組が、食べ始めるなり〝エイガ〟なるものの話を始めた。

「今見ておくべきはやっぱり『炎の七日間』だろ」

「アクションもいいけどさ、『王冠物語』の緻密な世界観と映像美はスクリーンじゃないとさぁ」

彼らは楽しそうに観劇の話をしている。

ニッポンの知識がまだ完全ではないアルフレッドには、それがどんな内容の劇なのか分からない。

ただ、なんとなく彼らの話を聞いていると……言葉の端々に、気になる単語が出てくる。

〝エキストラが三千人〟とか。

〝巨人の絶望的な大きさが体感できる〟とか。

大盛カレー二杯目にチャレンジしようか悩んでいたアルフレッドでも、聞き逃せない言葉がポンポンと飛んでくる。

「脇役《エキストラ》が三千人も乗ることができるような舞台が、ニッポンにはあるのか？　というか、そもそもそんな劇を監督はコントロールできるのか？」

姫が話題の劇を観にいくと言うので、エスコート荷物持《にもつも》ちでついていった劇も大がかりだった。だが、都で一番の劇場で上演しても配役は百人にも満たなかったような……。

それと、〝巨人の大きさが体感できる〟とは？

大道具で巨人を再現するにしても、舞台に立たせるなら大した大きさには作れないだろう。彼らが語る、〝山のよう〟なんて誇大な表現には結びつかない気がする。

「ニッポンのあれこれは、実際に見てみないと分からないものが多いんだよなあ……」

常識からして違うので、現物を見ないと概念さえ理解できない。

缶ビールとか。

温泉とか。

カップラーメンとか。

これらのものを口で説明されても、どんなものかまったく理解できなかっただろう。

だが完璧に体得した今、彼らはアルフレッドのよき友だ。正直に言えば勇者パーティの仲間たちより、牛丼や唐揚げのほうが自分と心が通じ合っている確信がある。〝百聞は一見に如《し》かず〟、何ごともまず試してみるべし。

アルフレッドはニッポンでそう学んだ。


だから学生たちの言う〝エイガ〟も気になるが、芝居の話なら自分向きではなさそうだ。

（やっぱり二杯目行こう）

無視することにしたアルフレッドが、トレーを持って立ち上がった時。

「とにかく早くシネコン行こうぜ。せっかく休講に感謝祭かぶったんだからな」

「そうだな。４ＤＸも重低音上映も八百円ってのは今日だけだもんな！」

◆

アルフレッドは繁華街の交差点に立ち、その巨大な建物を見上げた。

「コイツがシネコンとかいう劇場か」

なるほど。

今までアルフレッドが見てきたニッポンの〝ビル〟とかいう巨大建築物の中でも、これは大きな部類に入る。高さはそれほどでもないが、横幅が相当にデカい。

「キャストが三千人も走り回るのだからな。これくらいは必要か」

さもありなん。

アルフレッドの世界のちんけな劇場とはモノが違う。

じつはデカいのは都市型ショッピングセンター自体であって、シネマコンプレックスが入居するのは八階だけなのだが……そんなことはアルフレッドの理解の外にある。

「おっと、グズグズしていると〝案内人〟から離れてしまう」

油断していたアルフレッドは慌てて、(勝手についてきた)大学生たちの後を追いかけた。

◆

ニッポン世界に親しむうち、アルフレッドはいろいろなことを覚えた。

その一つがこれ。

〝よく分からない時は、分かっている人間のやることを見て覚える〟

ニッポンは特にそうだ。不思議な魔術で動く機械が、人間の代わりに働いている場所が多い。あれを初めての人間に使いこなせというのは不可能だ。

なのでアルフレッドは壁のポスターを眺めるふりをしながら、手順が理解できるまで券売機でチケットを買う人々をじっくり観察した。

「なるほど、見たい舞台を決めたらあその〝券売機〟でチケットを買う。そのまま横に流れて、飲食物を買う。土産もあるようだが……持って帰れないしな。そして、最後に入場口で改札係《もぎり》に券を渡すと」

手順は覚えた。

完璧だ。

勇者は観劇の手順を完璧に理解した。

何が完璧って。

アルフレッドは堂々とした足取りで券売機にたどり着くと、躊躇《ちゅうちょ》なく機械の隅にある〝係員呼び出しボタン〟を押した。

待たされることもなく横の窓が開く。

「どうされました？」

「券の買い方が分からないんですが！」

◆

「ふふふ……我ながらスマートな動きだったな」

スマートも何も、自分の番になるなり呼び出しボタンをノータイムで押す客も珍しい。

じっにさりげなくチケットが買えたので、アルフレッドは上機嫌で次のステップに進んだ。


券を売る機械の隣は、飲食物を買うコーナーになっている。

数人並んだ後ろにつきながら、これも初体験のアルフレッドは壁のメニューを見上げた。

「しかしまあ、どこの世界でも何か口にしながら観劇するものなんだな」

さすがに上流階級のボックス席では飲み物ぐらいだが、桟敷《さじき》席に座る庶民なんかは軽食やおやつを摘《つま》みながら……というスタイルが多い。姫の後ろにかしこまって控えながら、手持ち無沙汰なアルフレッドもそちらに交ざりたかったものだ。

見る限り、紙コップに入った飲み物やパンが主流らしい。

「ソーセージを挟んだパンとかも心惹《ひ》かれるが……」

軽い食事ならともかく、観劇のお供としてはどうだろう？

パン一個《ホットドッグ》なんて、あっというまに食べ終わってしまう。とても劇のあいだ、間が持たないだろう。

そして、アルフレッドのような若者の食欲を満たすには……あまりにも〝量のわりに値段が高い〟。

そこ、すごく大事な点だ。

「となると、煎り豆とかいいんだけどな……ニッポンにはないか」

安くて量があって、ついでに食べたことがない美味がいいのだが……そう思って壁のパネルを眺めていたアルフレッドの視線が、とある商品で止まった。

「……なんだ、これ？」

◆

「すみません」

「はいっ、お決まりですか!?」

シネコンのフードコーナーでレジを担当しているアルバイトの女子高生は、レジのドロワー《金入れ》を閉めながら次の客に顔を向けた。

普通に話しかけられたので日本人かと思ったら、大学生くらいの外国人だった。

「言葉が流暢《りゅうちょう》だな」とは思ったけど、まあ今どきなめらかに日本語を話せる外国人も珍しくはない。

英語の成績が良くない彼女も、言葉が通じる相手なら大丈夫だ。

どこか困惑した雰囲気のその男は、レジの後ろで稼働しているポップコーンマシンを指さした。

「この、ポップコーンとかいうヤツなんだが……」

「はいっ、味はどれにしますか？」

「これって、いったい〝何〟でできているんだ？」

「……はい？」

◆

アルフレッドはメニューを見ていて、ひときわ大きく扱われている〝ポップコーン〟というモノに気がついた。

飲み物でもないのに紙コップに注がれた白い物体なのだが、どうも扱いを見るにアルフレッドの世界の煎り豆に相当する菓子のようだ。粒の一つ一つが小さくて、容器にたくさん入っている。

アルフレッドの前に並んでいた男は一番大きなサイズを買ったらしく、帽子ぐらいある紙のバケツに山盛りのポップコーンを受け取っていた。

（なんだ？　あの圧倒的なボリューム感……！）

あれだけ入っているのに、気軽に買えるお値段らしい。コストパフォーマンスを気にする勇者にはとても好ましい。

だが……。

アレ、いったい〝何〟でできているんだろう？

まったくもって、勇者が見たことがない形状をしている。食べ物なのは確かだが、材料がサッパリ見当もつかない。

気になる。

すごく気になる。

口に入れる物だけに、毒はないと分かっていても……やっぱり正体が気になるのだ。
そこでアルフレッドは、自分の番になるなり受付の女性に訊《き》いてみたというわけだった。

◆

（えええ……!?）
バイトの少女は言葉に詰まった。自慢じゃないが、英語の成績も悪いがその他の成績も悪い。
（うそっ、それ訊く!?　ポップコーンの材料なんて物理でも化学でも習ってないよ!?）

確か習ってない。

きっと。

たぶん。

寝ていて聞いていなかったわけではない……はず……。


この瞬間彼女は、来週提出の進路調査は文系を志望しようと決めた。


だけど今の問題は進路ではない。

(なんか答えないと……えええ、私が!?)

客はなんだか期待した目で見てくる。店員なら知っているはずだと思っている信頼感が、視線からひしひし伝わってくる。

ちょっと、これは知らないとは言えない空気……。

(うえええええ……何か、何か言わなくちゃ……!)

固まっていた少女は何度か口をパクパクと開いたり閉じたりして……どうにか答えを捻《ひね》りだした。

「はっ……発泡スチロール?」

答えのはずなのに疑問形。

そしてなぜか、彼女の答えが聞こえた付近一帯の人間が硬直した。

◆

回答を受けてアルフレッドもしばし静止した。

（はっぽう……すちろーる？）

もちろんアルフレッドは、〝はっぽうすちろーる〟なるものを知らない。

だが〝異世界の話〟とはいえ勇者たるもの、もらった回答でまだ分からないとは言いづらい。

結果。

やや時間を置いて再起動したアルフレッドも、ぽつりと一言。


「…………なるほど！」

真に受けた勇者に、周りの人々が再び固まる。


そのまま会話が何事もなく終わってしまいそうなのを察し……。

「きらちゃん、全っ然違う！　お客さん、トウモロコシです！　原料はと・う・も・ろ・こ・し！」

隣のレジを担当していた先輩バイトが二人の会話に割り込んだのは、たっぷり三秒固まった後のことだった。

◆

「やれやれ、まさか店員も知らなかったとは」

ポップコーンの材料はトウモロコシだそうだ。

「てっきり店員なら当然知っているものかと……厨房《ちゅうぼう》を担当していないからかな？」

それ以前の問題ではある。

そしてアルフレッドは〝トウモロコシ〟もなんだか知らないが、とりあえず農作物っぽい響きに少し安堵《あんど》した。

「しかし、カウンターにたどり着いてからメニューを選べというのは無茶だなあ」

食べ物の注文はチケットを買うよりも複雑で、初めての人間には難し過ぎた。

ポップコーンもジュースも、味とサイズが何種類もあった。おまけにセットの組み合わせ方もいくつもあって、物によってはセットにできないと但し書きがされている。

「いきなり選べと言われても、初めての人間にすぐにできるか！　窓口を玄人専用と素人専用に分けてくれればいいのに！」

後ろが並んでいる中で焦って選ぶあの時間は、もはや拷問だ……。

「まったく、遊びにきた異世界人への配慮がなさすぎる！」

アルフレッドは眉をしかめてストローをくわえた。

「いつも思うが、ニッポンはそのあたりを改善すべきだな。『メシ！』と言ったら自動でパンとシチュー《ごった煮》が出てくるような世界の人間に、あんなシステム分かるわけがない！」

開けた社会づくりのためにも異世界来訪者問題の改善は急務だと、アルフレッドはニッポン世界の為政者たちに大いに訴えたい。


「……まあいいや」

憤激を抑えて、アルフレッドは飲み物を一口すすってみた。

口の中に沁《し》みわたる独特の甘さ。それに併せて、はじけるような刺激が舌にピリピリくる。これはなかなか、アルフレッド好みの味だ。

「うーん、この感じ……ビールに通じるものがあるな」

アルフレッドが選んだ飲み物は、コーラとかいう黒いジュースだ。刺激はビールに似ているが、コクと苦さが特徴のあれ《ビール》とはまた違う美味《うま》さがある。

何の薫りか分からないけれど、独特の風味を持つコーラは不思議な飲み物だ。一瞬だけ感じる苦みの後に、どれだけの砂糖を溶かし込んだのかと思うほどに圧倒的な強さの甘みが押し寄せてくる。

「それでいて、この炭酸《ピリピリ》のお陰で後口がさっぱりして舌に残らない。何を混ぜたらこんな味になるんだろう？」

レシピ《それ》はニッポン世界でも極秘です。

「コレはコレで美味《おい》しい飲み物なんだが、敢《あ》えて欠点を上げれば……酒じゃないことかな」

勇者様はソフトドリンクの存在意義、全否定。

コーラのお陰で興奮も鎮まったので、アルフレッドは次にポップコーンを頬張った。

「ふむ、味わいは軽いが……まあ、お菓子だしな」

ずいぶん軽い食感で、硬めの歯ごたえのわりに噛《か》むと簡単に砕けてバラバラになる。

「お勧めの〝二種盛り〟にしてみたが……なるほど、甘いのとしょっぱいのとでバランスが取れている」

粒により塩とバターの風味が強いヤツと、何か焦がした砂糖のような甘いヤツとある。これは片方だけだとくどいかも知れない。

だが交互に食べると、甘いのとしょっぱいのが飽きることなくいつまでも続いて……。

「……はっ!?　いかんいかん、まだ幕も上がっていないのに、無心に食べてしまった！」

うっかり無限のスパイラルに陥《おちい》りそうになったアルフレッドは、劇が始まる前に食いつくしそうになるのを慌ててセーブした。


そんなことをしているうちにブザーが鳴り、段々照明が暗くなり始めた。

「おっ、始まるのか」

音楽が流れ出す。いよいよ劇が開幕だ。アルフレッドは意外といいクッションの椅子に深く掛け直し、何やら映り始めた舞台上を見た。

「さて、エイガとやらは勇者であるこの俺を満足させるレベルなのか……ぜひともすごいのを期待しているぞ、ニッポンよ！」

◆

「ひいっ!?　えっ、いや、ちょっ……ひ、ひぃぃぃぃぃっ！　なっ、何がどうなって……うっ、ウワァァアアアア！」

「誰だ!?　うるせーぞ、黙って見ろ！」

◆

終演した部屋から、観客たちが感想を語り合いながらぞろぞろと出てくる。皆が出終わったその後に、一人遅れてアルフレッドも這《は》うようにして転げ出てきた。

休憩スペースに椅子を見つけて、勇者はとりあえずそこにへたり込む。

しばし放心していたアルフレッドは、今の体験を反芻《はんすう》した。

「こ……」

言葉が出ない。

「怖いわー……ニッポン怖いわー!?」

抜けるような快晴の空に、広大な砂漠。

でっかいカブトムシに乗った兵士たち。

アレはどう見ても、劇というより戦場そのものだった。

「……内容もすっごいシビアだし！　爆発とか血飛沫《ちしぶき》がバァーッとか!?　劇って歌ったり踊ったりするものじゃないのか!?」

しかも見たのは重低音再現上映。

本物の爆発に巻き込まれたみたいで、下から突き上げられるたびにアルフレッドは丸くなって悲鳴を上げ続けた。

「アレはどう見ても、目の前で本当に戦争をしていたとしか思えない……」

確かにすごい派手なアクションだったけど！

エキストラ三千人も納得だけど！

「とてもじゃないけど、劇ってレベルじゃないぞ!?」

大平原いっぱいに繰り広げられる戦車戦は、ソードバトルしか知らない異世界の勇者が想像できる次元をちょっと超えていた。

◆

だが。

だんだん落ち着いてくるとアルフレッドの中で、次第に恐怖が興奮に取って代わり始めた。

「おもしろい！　コレがエイガか！」

考えればニッポンには〝テレビ〟がある。

その場で劇を演じるのではなく、遠くで作った映像だけを劇場に持ってきているのだろう。

「なるほど、おもしろい魔法だな。コレなら劇場の大きさに縛られないというわけか」

アルフレッドは〝魔法〟と銘打てば、なんでも説明がつくと思っている。

売店のほうを見れば、さっきのお下げ髪の女の子がペコペコしながら商品を渡しているのが見える。

「……ポップコーンの元も、セットの組み合わせも、誰だって最初は知らなくてあたりまえだよな」

考えればポップコーンの材料なんて、生まれた時から知っている人間などいるはずもない。誰もが失敗しながら学んでいくのだ。

――という理屈で、今腰を抜かしている自分を正当化してみるアルフレッド。

「いやあ、凄《すさ》まじい音と生々しい絵の迫力にはびっくりしたが……エイガっておもしろいぞ！」

映画はおもしろいし、ポップコーンは美味い。今日はそれを学び、アルフレッドは一つ賢くなった。

「よし、おもしろそうなのを観られるだけ観てやろう！」

映画がどんなものか分かって、アルフレッドもテンションが上がってくる。彼はさっきまでと打って変わって、元気良く立ち上がった。

時間は有限だ。グズグズしてはいられない。なんといっても……。

「今日だけ安いらしいからな！」

そこ大事。

◆

トロールの鈍い一撃を難なくかわす勇者の動きに、パーティメンバーは目を見張った。

「へえ……怖気《おじけ》づいて足が竦《すく》んでいたあんたが、やるじゃない」

支援していた赤毛の魔術師《エルザ》が、珍しく好意的なことを言う。

アルフレッドは爽やかに笑うと、ビッと親指を立てた。

「ああ……こんなトロールぐらい、『王冠物語』のタイタンに比べれば大したことはないからな！」

「……は？」

エルザにはアルフレッドの言っていることがよく分からなかったが……いつもどおり、勇者はどこかのネジが外れていることだけは理解できた。

【勇者の事情】第6話 魔術師エルザの受け止め

資料を求めて書棚を引っ掻き回しているエルザを見て、仲のいい学友は首を傾げた。

「エルザちゃん、今日って貴族は全員神殿に集合ってお触れが出てなかったっけ？」

「ああ、たしか勇者召喚の儀式をやるって言ってたわね」

整理もしないまま押し込まれていた文献に顔をしかめているエルザは、うわの空で返事をする。彼女にしてみればそんなイベント、今探している古代魔法の記録よりも興味がない。

「行かないとマズかったんじゃないの？　男爵家だったよね？」

「あー、平気平気。うちは別に武官の家柄でもないし、儀式の見栄え確保の人ごみ要員よ？　一人抜けたって分かりゃしないって」

貴族の義務をなんだと思っているのかという認識だが、勝気なエルザは揺るがない。人並み外れた魔術の才で賢者の園に入学を認められた彼女は、実力でのし上がろうという気概に満ちている。つまらない儀式の数合わせの招集なんかに、研究時間を潰してまで付き合うつもりはまったくない。

「さーて、ここまで探したから……休憩したら、Ｄの棚を探してみるか」

◆

エルザと友人が書棚のあいだの閲覧机でお茶を飲んでいると、バタバタと走る靴音がして研究仲間が飛び込んできた。

「神託の儀式が成功して、聖女と勇者が決まったって！」

「へえ」

「ふーん」

浮世離れした研究者二人は、最新の重大ニュースを興味なさそうに聞き流した。

「あんな眉唾物の文献、信用できるのかと思ったけど当たりもあったのね」

「神殿の資料なんかうさん臭いと思ってたのにねー」

「一応世界の危機を救うかもしれない重要な話だよ？　興味持てよ、あんたら」

速報を持ってきた少女が得意げに話し始めた。

「なんと！　伝説の聖女と勇者の二人とも、我が国から選ばれたんだってさ！」

「ほー」

「そうなの？」

「しかも聖女はなんと！　あのミリア姫よ！」

「あー……まあ、ありえるか」

「それは意表を突かれたわね。でも言われてみれば、確かに適任かもねえ」

世間に疎い二人の感想はどこまでも他人事《ひとごと》だ。

「それでね、肝心の勇者なんだけど」

「今度は誰よ」

「有名人？」

「いいや、全然知らないヤツ。ラッセル男爵家のアルフレッドだって」

〝ラッセル男爵家のアルフレッドだって〟

理解が一拍遅れたエルザは、次の瞬間無表情で茶を噴いた。

「ブッフォ！」

「きゃあああ!?」

「ちょっとエルザ、どうしたの!?　貴重な古文書が濡《ぬ》れたらどうするつもりよ!?」

「正面から浴びた私を気づかって……？」

「あ、アル坊が勇者ぁぁ!?」

◆

淹《い》れ直した茶を一口飲んで、エルザは落ち着きを取り戻した。

「いやごめん。知り合いの名前がそこで出てくるとか意外すぎて、ちょっと取り乱した」

「そのアルフレッドってどういう人なの？　そんなにスゴイの？」

「え？　アルが？」

最後に会ったのがもう何年も前なので、エルザは古い記憶を手繰り寄せてみた。

「いや、全然ね」

そこだけは即答。

「おとなしいだけの、よくいる無気力なガキだったわね。そもそもアイツんち代々文官のはずだし、本人の志望もお父上の後を継ぐ方向だったはず……少なくとも、武芸で名を上げてるなんて話はまったく聞いたことないわね」

「なんでそんなのが勇者なの？」

「あたしに聞くな」

エルザにしてみれば親同士の付き合いがあるから小さい頃に一緒に遊んだだけで、ただご近所さんという関係だ。もうずいぶん顔も見ていない。

ま、それだけだと言うエルザに、友人たちが興味津々で食いついてきた。それまでニュースに薄い反応だったのが、話題の勇者が知人の知人と知って逆に興味が湧いてきたらしい。

「これはエルザ、運命かもよ？」

「かもよ？」

「何が？」

「だって」

「ねえ」

二人ともニマニマ人の悪い笑みを浮かべている。

「幼馴染《おさななじ》みが伝説の勇者に任命されるだなんて！　こいつは過去の初恋が再び燃え上がっちゃうね！」

「どうよエルザ。あんたが主席宮廷魔術師を狙うより、勇者のお嫁さんのほうが身を立てるには早いかもよ？」

「ははは、ないない」

年頃の娘らしく想像たくましい友人たちに、エルザは苦笑しながらひらひら手を振って打ち消した。

「小さい頃は確かに連れ回してたけどねー。アイツは私にしてみたら子分みたいなもんだし。男としては、ないかな」

◆

知人が勇者に任命されたというニュースには、確かに驚かされたけど。エルザにしてみれば、その話はそこで終わったはずだった。

しかし神託の儀式から二ヶ月後。勇者の一件はエルザにとって他人事ではなくなった。

いつもどおり研究室に入ろうとしたエルザは、賢者の園の園長に呼び出された。

「あたしが勇者パーティに!?」

「ええ。攻撃魔法が専門の優秀な若手魔術師を推薦してほしいということなのです」

そろそろ勇者パーティが錬成を終えて、魔王討伐の旅に出発する。勇者と聖女に加えて剣士までは決まっているが、そこに遠距離攻撃を担当する後衛の魔術師が欲しいのだという。

「そこでエルザ、あなたはどうかという話になったのですが……」

「やります！」

エルザは前のめりに承諾した。

(勇者パーティに参加!?　これは魔術師界じゃ滅多《めった》にない手柄《てがら》づくりチャンスじゃない！)

魔術師はなんでもできるイメージとは裏腹に、じつは目に見えて評価される仕事というのがあまりない。基本的に学者と職人を兼ねているような職種なので、政治家や軍人のような派手な手柄とは縁がないのだ。

(ここで華々しく実績を上げれば、宮廷魔術師の上席へ進むのも夢じゃないわね！)

せっかくのチャンス、無駄《むだ》にできようか。

立身出世の野心に燃えるエルザは二つ返事で、勇者パーティへの参加を承諾した。

◆

さて。

そんなわけで栄誉《出世の糸口》ある勇者パーティに参加することになり、王宮へ伺候《しこう》したエルザ。

彼女はじつに八年ぶりに、〝近所のアルフレッド〟と再会したのだが。

「……何よ、あれ」


〝勇者〟が配下《バーバラ》の剣士に体罰食《しばかれ》らってる。


「勇者に選ばれたラッセル殿《アルフレッド》なのですが、剣技どころか武術全般の素養がございませんで」

「でしょうねえ」

昔馴染みなので、そのあたりは容易に想像がつく。

「それで旅にも同行する騎士のバーバラ殿が、少しでも腕を上げるべく毎日猛特訓しているところです」

「毎日……」

廷臣の説明に、エルザは少しアルフレッドを見直した。

（あの泣きべそばかりかいてたアルがねえ。男らしいところ出てきたじゃん……）

なおエルザの回想はいつも上から目線だけど、年齢はアルフレッドが二歳上。

「彼の幼い頃を知っているんですが、ずいぶん成長してますね。昔のイメージだと、あんなにきついとすぐに弱音を吐いて投げちゃいそうなんですが」

「今でもそうですよ」

「…………はい？」

エルザが問い返すまでもなく、稽古中のアルフレッドが腰が抜けたように座り込んで泣き言を言い始めた。

『バーバラ、待ってくれ！　ちょっ、もう腕がガクガクで……一休み……』

『これで何度目だ、貴様は！　昼から五回は言ってるぞ！』

『だって、休みなしで打ち込み何回やってると思ってるんだ⁉』

『まだ三百もやってない。これしきでヘトヘトになるのは修業が足りんからだ！　気合を入れろ！』

「あんなんで、大丈夫なの……？」

「そうなんですよ。あまりに腕前が低すぎてなかなか出発できず、ミリア姫も困っておられまして……」

「いや、アルのほうが……」

もう一度アルフレッドを見やると、休憩は認められずに訓練再開のようだった。

（……なんか、イラっとくるわね）

その光景にエルザは釈然としないものを感じる。

なんというか……。

(アルをこき使っていいのは、あたしだけでしょうが……!)

あの剣士に、勝手に縄張りを荒らされた感じがするのだ。

魔術師は稽古の様子にわだかまりを残したまま、廷臣に促されて中庭を後にした。

◆

「エルザさんね。賢者の園での博学ぶりはかねてより耳にしていました。パーティに参加するのを快諾してくださったとのこと、とても心強いわ」

「もったいないお言葉にございます」

姫との面会で一通りの挨拶が済むと、ミリア姫はなぜかためらいながら質問してきた。

「それで、こんなことをいきなり聞くのも何なのですけど……」

「はい?」

何も心当たりがないエルザが不思議に思っていたら、姫の質問はまったく想定外の角度から撃ち込まれてきた。

「あの……経歴を見るとあなた、アルフレッドと幼馴染みだったそうなのだけど。彼は昔から、あんなにアレだったの？」

質問をするうえで一番大事なところがぼやかされていては、質問になっていないのだけど……アルフレッドを知るエルザには、姫の言いたいことが理解できた。

「そうですね……ヘタレで根性無しで運動がまるでダメなところは変わってないかもです」

「そうなの……」

古い印象をちょっと強調して言ってやったら、姫がさらにうなだれた。

「あんな状態で……本当に、魔王を討伐できるのかしら……」

（まあ、姫様もそりゃ心配になるわよね）

エルザも姫の気持ちは分からなくもない。たった今、成長しても中身があんまり変わっていないのを見たばかりだ。

「でも……魔王を倒されても、それはそれでどうしよう……」

「ん？」

姫がおかしなことを言い始めた。

「お父様が公約にしちゃった以上、結婚は嫌です、なんて言えないし……」

「んん？」

ちょっと待て。

（このアマ……なんか今、聞き捨てならないこと言わなかった？）

そういえば。

大手柄を立てた英雄に姫を娶《めと》らせて婿養子に、てのは英雄譚《えいゆうたん》で定番の褒美……。

(――ほう?)

世界中が対応に苦慮している魔王をあのポンコツ《アルフレッド》ごときが倒せるなんて前提で、さらに「好きなタイプじゃないから結婚は……」だなんて贅沢《ぜいたく》を言うとか。

(国がなくなるかも、なんて騒いでいるくせに……ちょおっと、欲張り過ぎじゃないかしらねぇ?)

エルザはミリアのつぶやき《姫のわがまま》にカチンときた。

先ほどバーバラが好き勝手にしごいていたのもそうだが……アルフレッドはそもそも、エルザが幼い頃から連れ回していた〝弟分〟なのだ。

勇者だかなんだか知らないが。本人の意思を無視して任命しておきながら、出来が悪いだのレベルが低いだの……勝手すぎやしないだろうか?

(アルは元々あたしの舎弟だってのに……こいつら、何勝手なことをほざいてんの)

ムカつく。

エルザは都合がよすぎる王宮の連中にムカついた。

そういうエルザ自身もアルフレッドの存在を半分忘れていたとか、連絡を取るどころかもう八年も顔も見ていなかったとか、幼児の遊び仲間以上の関係は何もないとか、そういう諸々あるのだが……

そんなことは今、どうでもいい。

アレを連れ回して小突き回して川に突き落としていいのは、自分《エルザ》だけなのに！〟

エルザは勝気というか、向こうっ気が強い。たとえ姫でも自分の縄張りに踏み込んできたら、やり返さないと気が済まないタチだった。

……底辺貴族としては、最も持っていてはいけない気質である。

「――姫様。その点はご心配なさらずとも、アルのほうが御免こうむると言うかもしれませんよ？」

「――あら？」

薄笑いを浮かべて一言忠告したエルザに、ミリアもかすかに眉を反応させて低い声を出す。王女育ちで下々の感情の機微には気がつかないことも多いミリアだが……侮蔑に気がつかないほど勘は悪くない。

「魔王戦だけではなく、私の結婚相手のことまで気にしていただくとは……恐縮ですわ」

ヒヤリとする冷気をまとい、ミリアがとびきりの笑みを見せる。

「いえいえ。大事な幼馴染みの将来に関することなので……」

エルザも底冷えのする目つきでニコリと笑う。

「ウフフフ」

「アハハハ」

二人は同時に思った。

〝ゴイツ、気に食わない！〟

魔王討伐が始まる前に突如始まった、勇者アルフレッドを巡る女の闘い。

それは恋する男を巡る乙女の争いではなく、テリトリーを侵されたボス猿同士のマウンティング合戦に他ならなかったのだが……残念ながらその場には、それを指摘できるだけの度胸や洞察力のある者はいなかった。

◆

「そういえばアルフレッド。今度パーティに加わる魔術師はおまえの知り合いらしいぞ」

「俺の？　魔術師なんか知り合いにいたっけかなあ」

「エルザといったかな。おまえの幼馴染みと聞いているが」

「エルザ!?」

バーバラにその名を聞いたアルフレッドは、木剣を取り落してガタガタ震え出した。

「……おい、どうした？」

「エ、エルザ……近所の男子を全員恐怖に陥れた、地獄のガキ大将が……旅に同行するのか!?」

「おい、待て。なんかこちらの認識している人物像と乖離《かいり》がある」

「アレと朝から晩まで一緒に行動……？　い、嫌だ！　助けてくれ！　アイツが来るなら俺は魔王討伐なんか行かないぞ！　こうしてはいられない、今すぐ帰る！」

「どうした、昔何をされたんだ!?　魔王より怖いってどういうヤツなんだ!?」

第8話　勇者、姫への怒りをカレーにぶつける

今日のアルフレッドは、ニッポンに着いた時点ですでに疲れ果てていた。

「姫様ったらまったく……なんなんだよ、今日のは……」

ちょうど旅から戻って、せっかく王都で迎えた安息日前日。

ようやく家で休めると思ったらミリア姫から仕事《雑用》を仰せつかり、王宮を一日中走り回っていた。しかも姫の機嫌が最近ずっと悪く、今日も尻を蹴り飛ばさんばかりに怒鳴られ続けていた。もう嫌になってしまう。

「まったく、あの姫ときたら頭の中が……」

さすがに王国貴族の端くれとして、それ以上の言葉は飲み込む。

既に半分アウトなところまで言っちゃったけど、本人のいない場であってもこれ以上の姫の悪口《正直な意見》は慎まねば。

ただ、少し言わせてもらえれば……。

「近頃なんていうか、召し使いをこき使うと言うより……私怨でいたぶられているみたいな気がするな……」

彼女が気分屋なのは今に始まったことではないが、パーティ唯一の男だからってこき使われたうえ

YUSHA WA HITORI, NIPPON DE

に八つ当たりまでされては……たまったものじゃない。

「いや……今さらあれこれ愚痴を言っても無意味だな。よし、忘れよう！」

せっかくのニッポンで、わがままヒステリー娘のことをいつまでも考えていたって仕方ない。今は休日を楽しまなくては。

そう考えてアルフレッドは顔を上げて歩き出した。


とはいえ。

やるせない気持ちはすぐには収まってくれなくて、結局アルフレッドはニッポン到着早々……コンビニで冷えた缶ビールを買って一気飲みしてしまったのだが。

つまり今日の安息日も、いつものとおりお酒から。

◆

ニッポンに来てさっそく利用したコンビニだが、ここで飲み物を買う醍醐味《だいごみ》はなんといってもよく冷えていることにある。

だいたいのコンビニは冷やす棚に扉が付いている。外気と遮断されているおかげで、中の飲料は居酒屋で飲むみたいに芯まで冷やされているのだ。

今日もニッポンは蒸し風呂のよう。湯が煮え立つ鍋を覗《のぞ》き込んだ時みたいに、ねっとりからみついてくる空気がなんとも不快だ。そこへキンキンに冷えたビール……これは一気飲みしてしまっても仕方がないだろう。

「うんうん、今日もよく冷やしてある！」

棚から掴《つか》んだ冷たい缶の感触に、アルフレッドはニヤニヤ笑いが止まらない。

金を払って店を出るなり勇者はプルトップを開け、缶ビール（五百ミリリットル）をグイグイあおって喉を鳴らした。

一気に口の中に流れ込んでくる、期待どおりにガツンとくる液体。

「……ウッハー！」

こらえきれず、アルフレッドは思わず歓声を上げた。

後はもう言葉もなく、グイグイと。

まろやかな苦味を楽しみ、刺激的な喉越しに快感を覚える。最後の一滴まで音を立てて飲み干すと、やや時間をおいて腹の底がカッと熱くなった。

コレだ、この感覚！　コレがたまらないのだ！

「くーっ、やっぱりビールは最高だな！」

アルフレッドというかまどに、高揚感という名の薪《まき》がくべられた。

「よしっ、やる気に火がついてきたぞ！」

下がりきっていたアルフレッドのモチベーションが上向きになり、楽しい夜遊びを思ってテンションも急上昇。

そこへ。

グゥゥゥウウウ！　キュルルルル……！

「……俺だけでなく、胃袋のヤツもやる気になったらしいな」

盛大に鳴った腹を抱え、ちょっと赤面したアルフレッドは……居酒屋より先に、食事のできる場所を探し始めた。

◆

「さってっと、ニッポンでの楽しい夕飯なわけだが」

今の気分、そして腹具合を考えると……腹に溜《た》まる物を盛大に喰いたい。

コンビニの前にいたから、コンビニの〝弁当〟や〝カップラーメン〟を買って楽しむというのも考えた。

「だが、いかんせん量が少ないんだよな」

コンビニの弁当は大量に買い込んだら今夜の飲み代のほうが心配になる値段だし、カップラーメンは山と積み上げて食うものではない。アレはもっと気持ちと空腹感に余裕がある時に嗜《たしな》むものだ。

「そうなると、どうしようかな……牛丼？」

こんな時に頼りになる友、牛丼。

出来立てでボリューム感も味わいも満足でき、かつ安い。背中を預けるに足る〝戦友〟が近くにいないか、探してもいいが……その時、よく知る香りが彼の鼻をかすめた。

「おっ⁉」

半分牛丼に決めかけていた結論をひっくり返す、なんとも妙《たえ》なる香り。その出所を探して辺りを見回すアルフレッドの目に、気になる店が飛び込んできた。

◆

「ほう……カレーの専門店か」

アルフレッドはニッポンにはずいぶん通っているが、カレーだけの店というのを初めて見た。

専門店は初めてだが、カレー自体はすでにアルフレッドの〝親友〟だ。牛丼屋で見かけて初めて食べて以来、今では牛丼と優劣つけがたいほどの大好物だ。学食なんか、そのために通っていると言っても良い。

「ニッポン人が大のカレー好きなのを考えれば……なるほど、専門店があってもおかしくないな」

コメと肉が主《おも》な材料という点はカレーも牛丼と一緒だが、完成した姿はまったくの別物。ただしどちらも安くて食べでがある、アルフレッド好みの逸品だ。

コメに何か味の濃い物を載せるコンセプトは牛丼と被《かぶ》るが、かけるソースはだいぶ趣が異なる。肉の旨味《うまみ》を最大限に押し出した牛丼と違ってカレーは具の種類が多く、どれが主体かと言われれば判断が難しい。敢《あ》えて言えば〝茶色いソース〟がメインであろうか。

「ただ、コメへの依存度は牛丼よりさらに高い気がするな」

牛丼は上にかかる肉の煮込みだけでも酒のツマミとして成立するが、カレーは茶色いソースだけでなく是非コメを合わせて食べたいと思わされる。

アルフレッドはソースをたっぷりよりも、ソース少々でコメをガッツリいきたい派閥に所属しているが……この店のカレー、それを堪能できそうだ。

というのも。

店舗の前にはガラスのケースに恭《うやうや》しく収められた巨大な皿が（中身入りで）飾られている。

添えられたメッセージボードには……。

『おひとり様一回限り！　オリジナルカレー（超特盛）チャレンジ受付中！』

カレーで、大盛で、食べきれば無料……まさにアルフレッドのために用意された企画じゃないか！

あまりに都合のいい〝カレー屋〟の登場に、アルフレッドは不敵な笑みを浮かべた。まさに今、アルフレッドが求めていた店がここにある。

「くっくっく……これは神の配剤か⁉」

この店で大好物を思う存分タダで食い、余った夕食代をそのまま飲み代に上乗せと。

今日は姫に当たり散らされてさんざんな日だったが、やはり人生どこかでバランスが取れるようにできている。

アルフレッドは神に感謝しながら意気揚々と、カレー店のガラス戸に手をかけた。

◆

「いらっしゃいませー！」

「うむ！」

席に座ったアルフレッドは、冷たい水を持ってきた店員にさっそく外のガラスケースの食品サンプル《サンプル》を指し示した。


「オリジナルカレーとやらに挑戦したいんだが」

「おお！」

なぜかパッと表情が輝いた店員が、食い気味に返してくる。

「超特盛ですか⁉　アレ、いっちゃいます⁉」

「あ？　ああ、是非チャレンジしてみたい」

「はっあ～い、承知いたしましたぁ！　んふふふ、チャレンジカレー入りまぁす！」

「…………なんであっちのほうが嬉《うれ》しそうなんだ？」

スキップしながら厨房《ちゅうぼう》に引き返していく店員を不審に思いながら見送ったアルフレッドだったが……。

◆

そして注文から五分ほど経《た》った、今。

「……デカいな！」

目の前に到着した超特盛カレーとやらに、アルフレッドは気圧《けお》されていた。

「なんだ、このサイズは……」

目の前の皿には、牛丼屋で楽しむカレーの五倍？　十倍？　の量が載っている。

(これ、以前食べた学食の〝大盛カレーの大盛〟と比べても倍近くあるのでは……)

「いやっははは、素敵な大きさでしょ!?　ライス《コメ》だけで二キロあるんで」

バカでかい皿を持ってきた店員が、ニコニコしながら説明してくれた。

……つまり上にかかっている茶色いソース《カレー》は重さのうちに入っていない、ということだ。

「カレーソースが途中で足りなくなったら遠慮なく言ってください。継ぎ足しいたします！」

「お、おおう……」

届いたブツから目を離せず、アルフレッドは店員に生返事をした。

ソースを足してくれる、なんて言われても。

目の前に小高く盛り上がる、この茶色と白の圧倒的な存在感……。

（いくらコメが余ったとしても……この量から、さらにソースを増やすのか？　俺、そこまで……いけるか？）

正直に言おう。

チャレンジカレーは、ちょっとアルフレッドの想定よりデカかった。

◆

届けたベテラン店員はそっと振り返り、チャレンジカレーを頼んだ男があきらかに戸惑っている様子に目を細めた。

（むふふ……思ったとおり、〝慣れてない〟ちゃんでございますよ！）

そこそこ身体《ガタイ》が良いし、いかにもがっつきそうなのでフードファイター系にも見えるけど……〝大食いチャレンジ〟に慣れてないという見立ては当たっていたようだ。

営業スマイルの下で、彼女は内心舌なめずりをした。

（いいねぇ……いいわねえ！　こういう客、久し振りぃ！）

分かる。あの客《カモ》の考えが手に取るように分かる。

大食漢だからイケると思ってついつい注文したけど、実際に目の当たりにすると意外にデカくて怖《おじ》気《け》づいちゃったと……間違いなくノウハウを持ってない初心者のリアクションに、ベテランバイトは興奮を抑えきれない。

こういうヤツが一番好きだ。

（初めから楽々クリアが見えてるヤツとか、完食する気もないくせにネタで注文するガキはつまんないのよね。やっぱこういう客じゃないと！）

大食いチャレンジはイケるかイケないか、ギリギリの攻防がおもしろいのだ。特にリミットが迫っている時の、時計をチラ見しながら焦る姿が。

そのデッドラインの上でもがいているところへ、ちょっかいを入れるのがまた最高に楽しい。

彼女の口の端が、こらえきれない悦《よろこ》びでじわじわと吊《つ》り上がっていく。

それに気がついた後輩店員は、先輩の悪魔の微笑を不安げな顔で見守った。

◆

届いたカレーを前についつい呆然《ぼうぜん》としてしまったが、よく考えたら時間がない。

（いや、ぼんやり見ている場合じゃないぞアルフレッド！）

アルフレッドは頬を叩《たた》いて正気を取り戻した。

「急げ！　届いてから二十分以内に食いきらねば、代金三千円を取られてしまう！」

チャレンジというだけあって、このカレーは制限時間内に食べきらねばいけない。そうしなければ罰金だ。

（美味《おい》しく食べたのに、自分のミスで〝損をした〟などと思っては店へも失礼！）

美味なるカレーに敬意を払って金を払うなら、初めから払うつもりで始めるべきであろう。今日は挑戦と決めたのだから、必ず成功させて無料のありがたさを胸に帰らねば！

そして、無茶な量だろうがなんだろうが、やはりカレーは美味《うま》い。

アルフレッドは一匙《さじ》目で複雑で豊かな味を確かめると、後は勢いをつけて超特盛カレーを食べ始めた。

◆

戦いは熾烈《しれつ》を極めた。

自分の世界での姫との戦いで、すでに飢えが限界に来ていたアルフレッド。その猛烈な空腹感に後押しされ、皿の半分はたちどころに消える。

しかし。

大好物《カレー》との戦いは、腹を満足させてからが正念場であった……。

「ぐっ……！」

思わず呻《うめ》く。

「お冷や、お注《つ》ぎしまーす」

「あ、どうも」

空腹が満たされても、このカレーは変わらず美味い。

（さすが専門店、確かに何度も食いたくなる味だ……）

だが、それを迎え入れる胃袋の容量には限りがある。この調子では、ヘタに水を飲むのも命取り

……。

「まさか、半分で手が止まるとは……」

「お冷や、お注ぎしまーす」

「あ、どうも」

時計を見る。まだ七分。時間に余裕はあるように見えるが。

「ハハッ、俺の腹はなんと軟弱なんだ……」

すでに満腹感が出てきてしまって、スプーンを持つ手が自分でももどかしいほど、鈍い。

自然とため息が漏れた。

「久しぶりのカレーなのに、食いだめの一つもできぬとは……情けないな」

「お冷や、お注ぎしまーす」

「……なんか、やたら水を持ってこないか？　そんなに飲めないんだが……」

「やっだなあ、お客さん。気のせいですよぉ」


アルフレッドが一回にすくうカレーとコメの量は、既に一口目の時の半分になっている。みぞおちの辺りがきつい。はち切れそうな腹の皮が、これ以上伸びないと悲鳴を上げている。

だけど、〝喰いきれないから諦める〟なんてことはできない。

「俺は仮にも勇者……魔王と戦う男だ！」

そして日常的に、四匹の冷血怪獣と戦う男だ。

「カレーさえも倒せずに、あの姫を……じゃなかった、魔王を倒せるか……！」

ついつい言い間違えた。口が滑っただけで他意はない。

（これは、途中で休んだら入らなくなるぞ!?）

それ以前に、二十分の制限時間に間に合わなくなる。

やけくそで勢いをつけてカレーを口へ押し込みながら、アルフレッドはふとカウンターに置いてある容器に目を留めた。

自由に食べていいらしいそれには、いつも申しわけ程度に皿の端に載っているピクルス《福神漬け》が入っていた。

「そうか！　いったん違う味のこれで舌を休ませれば……！」

初めてカレーを口にした時は「なぜ、こんな少しだけピクルスを添えているのか？」と不思議だったが……今、このピクルスの意味が分かった。

「ずっとカレーを食べ続け、きつくなったら一度まったく違う味を挟むのか！　なるほど、無駄《むだ》がないな……さすがニッポン！」

何がさすがなのか、言っている本人ももう分からない。

試しに少し摘《つ》まんで食べてみれば、この不思議な甘さのピクルスが辛さに疲れた舌にしっくりくる。シャクシャクした舌触りもちょうどいい気分転換になった。

「これは、姫の治癒《ヒーリング》の呪文より癒される気がするな……」

ご当人に聞かれたら間違いなく炎上案件な一言を吐いて、アルフレッドはさらにコメの山を掘り進む。

「うーん。もう一押し、何か欲しいところだが……」

「トッピングご希望ですかぁ⁉」

アルフレッドが顔を上げたら、彼の独り言に反応した店員がにこやかに揚げ物のメニューを持って待っていた。来るのがやけに早すぎる気もするが。

「……それは、もちろん？」

「はいっ、別料金になりますが！」

「いえ、結構です」

店員の一押し《あくまのゆうわく》を断ったアルフレッドは、改めて周囲を横目で眺めてみる。

すると客の何人かが、アルフレッドと違うことをしているのに気がついた。

缶に入った粉を振りかけている。

真似《まね》してみると香辛料の薫りが際立って、ほどよく辛くなる。

卓上の瓶を傾けて、フライ用ソースをかけている。

真似してみると、これもまた別方向にスパイシーになって味が変わる。

「なるほど……これだけ手があれば、イケる！」

「そこへロースカツとかチョイ足ししますと、さらに美味しさがプラスされますよ！」

「いえ、結構です」

アルフレッドは先達の知恵に感嘆しながらスプーンを掴み直し……まだにこやかにメニューをかざしている店員を見ないようにしながら、次の一口をすくい取った。

◆

「難敵だった……」

苦しい戦いだった。

特にしゃべるのもツラいところへ、やたらと世話しにくる店員が邪魔で仕方なかった。アレはサービス過剰だろう。

だが、終わった今ではそれもいい思い出。勝利を信じて戦い続ければ、決して明けない夜などない。

無事に己の使命を果たし終え、心も腹も財布も満足してアルフレッドは店を出た。

「カレー屋……これもいいな！　うん、覚えておこう」

アルフレッドは「味変」という必殺技を覚えた。

まぐれで入った店だったが……じつに有意義な夕食であった。

◆

「ありがとうございましたー！」

よろよろ出ていく客を笑顔で見送るチーフアルバイトに、横から後輩が囁《ささや》きかけた。

「先輩。うちのチャレンジなんてガチじゃないんですから、いちいち妨害しなくたって……」

「あら、やーね。別に成功させたくないわけじゃないわよ」

「……なんすか？」

彼女はジト目で見る後輩に、最高にイイ笑顔で振り返った。

「無理かもしれないって焦りながら最後の最後まで必死にがっつく、あの絶望に満ちた表情が見たいだけよ」

「……そんなんだから、男ができても長持ちしないんすよ……アイタッ!?」

◆

夢中でカレーを食べているあいだに、嫌な思い出は色褪《いろあ》せた。

チャレンジに成功して気が軽くなったのもある。カレーのおかげで身体《からだ》がカッカと燃え上がり、今すぐ何かをしたくてたまらない。

「よし、腹もいっぱいになったことだし！」

アルフレッドは脚を踏み出しかけ……そっと降ろした。

「……居酒屋に入る前に、どこで時間を潰そう……」

チャレンジカレーはよかったのだが……ビールを飲める腹具合でなくなったのだけは、ちょっと誤算であった。

【書き下ろし】第1話 **勇者、怨霊に戦いを挑む**

アルフレッドの住むウラガン王国とニッポンのあいだには、文化的にいろいろと違いがある。

ホテルで何気なくテレビを見ていたアルフレッドは、そこで紹介されていた期間限定のイベントが気になった。

そのイベントが、ウラガン王国では考えられないコンセプトだったのだ。


翌日の朝。アルフレッドはテレビで目にした広場に立っていた。

「これか」

なんか見覚えがあると思ったらこのイベントの会場、ホテルへ向かう途中で見かけた場所だ。そこでホテルをチェックアウトしたアルフレッドは、その足でイベントに来てみたのだった。

アルフレッドが興味を引かれた、ニッポン世界独特の文化。それは……

「これが"お化け屋敷"というものか」

敢(あ)えて"怖い"を体験する。

〝ガイダン〟だとか〝ギモダメシ〟だとかいう、不思議体験のための見世物小屋である。

期間限定というだけあって、〝お化け屋敷〟の見た目はいかにも仮設の木造建築だ。ただ、横の広さはある。中を歩き回るらしいから、広い面積が必要なのだろう。

「まあ芝居小屋みたいなものなんだろうな。外見はやっつけ仕事に見えても、中はそれなりに整えてあるんだろう」

ウラガン王国でも常設劇場は数が少なく、有力な劇団しか興行を打てない。庶民相手の町芝居は、やはり仮設小屋が多かった。

「これもきっと、客足が落ち着いた頃に他の町に移るんだろうな」

そんなことを考えながら入り口を探して回り込んだら、券売所の上におどろおどろしい絵が飾ってあった。今日の演目らしい。

「なるほど、確かに怖い話……っぽい？」

見上げたアルフレッドは、いまいちピンとこない顔で頷《うなず》いた。

彼が微妙な顔をしているのには理由がある。というのも……。

「有名な話なのかな……俺、これがどんな話か知らないんだよな」

ニッポン人が大好きらしい〝お化け屋敷《怪談》〟。

怖い話を敢えて聞いて怖がるとかいうおもしろい文化なのだが、いかんせんアルフレッドは知識がない。

「なんでわざわざ怖いものなんか見にくるんだろう？　おとぎ話や不思議な話はウラガンでも子供に大人気だけど……嫌なものを敢えて体験したい心理が分からない」


ウラガンには怪談がない。

というかアルフレッドの世界自体に、そんなものを楽しむ文化が存在しない。

教訓としてのバッドエンドのおとぎ話はあっても、それは子供になんらかの自制心を植えつけるための教育目的だ。

彼の世界になぜ怪談がないのか。それは……。


夜に出歩けば街は犯罪者がいっぱいで。

人里離れれば魔物や野獣がたくさん。

隙を見せれば昼でも野盗や肉食獣が襲ってくる。


リアル恐怖体験に富んでいる彼の世界で、作りものの恐怖なんか需要がない。

〝怖い話を楽しむ〟というのは、安全がすでに確保されているからこその娯楽なのだ。そういう世界で生きるアルフレッドに、馴染《なじ》みがないのも当たり前。

ならば厳重に護《まも》られている大貴族や大商人に需要が……という考えもあるが、彼らは彼らで他人から恨みを買う心当たりがありすぎる。暗殺や呪いが立派に政争の手段として存在するアルフレッドの世界では、やっぱりのんきに〝怪談《作り話》〟を楽しむ余裕はない。

だから娯楽としての怪談なんか、勇者には初耳なのであった。

「でもまあ、何事も体験だ。実際に試してみないと、どんなものか分からないし」

ニッポンの〝おもしろい〟を体験したい勇者は、この理解できないイベントに乗ってみることにした。入場料が意外と安かったし。

◆

「過去に心臓の持病や引きつけなどの発作を起こしたことはありませんか？」

「は？」

アルフレッドが窓口で金を支払おうとすると、係員が不思議なことを訊《き》いてきた。

なんでそんなことを訊くんだろう？

アルフレッドは不思議に思ったが、今訊くからには必要な確認なのだろう。だから一応答えておく。

「『おまえは心臓に毛が生えている《場の空気を読まない》』と言われたことはあるが」

「大丈夫そうですね。先にお進みください」

アルフレッドは入場を許可された。

内部は何やら、陰鬱な雰囲気の屋敷……さらに言えば廃墟《はいきょ》のようになっていた。

その入り口でアルフレッドは小さな部屋の椅子に座らされた。どうやら入場前の事前説明があるらしい。親切なことだ。

のんきに待っていると、旅宿《りょしゅく》の主人みたいな小男が出てきた……が、その格好が客商売と思えないほどにだらけていた。

床屋に行っていないのか髪がぼさぼさで顔にかかり、制服らしいハッピや服も薄汚れて着崩れている。まるで物置でごろ寝していたか、火事で焼け出されたかと思うような小汚なさだ。おまけに顔色は土気色で、手足が震えてよろめくような歩き方をしている。

ウラガンでも滅多《めった》にいないレベルのヒドイ身だしなみの従業員に、アルフレッドは無礼を怒るより先に彼の健康が心配になった。

「おい君、体調が悪いんじゃないのか？　顔色が悪いぞ」

「…………」

その男は黙ったまま、前後に揺れながらテレビ《モニター》の横に立ち止まる。他人の声なんか聞こえてないほどに気分が悪いのかもしれない。

（これは……）

体調不良についてアルフレッドは専門家だ。仕事《魔王討伐》のおかげで、どれだけ胃や腹を痛めたか分からない……主《おも》に戦友《パーティメンバー》たちのおかげで。そんな彼から見て、これは一刻の猶予もないレベルだ。

「よし、俺が医者まで連れてってやる！　歩けるか⁉」

「えっ⁉　いやあの、これは仕事で⁉」

「病人がそんな心配をしなくていい！　さっきの受付にもう一人いただろう。店番はしばらく彼に一緒に見ててもらえ！」

「いえ！　ですからこれは仕事でこういう配役なんで⁉」

「仕事が気になるのは分かる！　だが気の病はその強い責任感こそが原因なんだ！」

◆

「うーむ……いらない恥をかいてしまった」

病人っぽい係員を入場受付まで引きずり出したところで、そっちの係員にも止められて事情を説明された。どうやらおどろおどろしい雰囲気づくりで、ああいう役作り《コスプレ》をしているらしい。

「なるほど、〝お化け屋敷〟というのは観客も参加する劇の一種なのか」

勇者が納得したところで、ホッとした様子の係員にまた元の部屋に戻された。

仕切り直した説明係が左右に揺れながら頭を下げ、どこからともなく声が流れ始めた。

『……お客様、本日は〝御宿　獄門館〟へようこそ……』

（ほう。全然別の場所から聞こえるように他の者《スピーカー》にしゃべらせて、非現実感を演出しているわけか。凝ってるな）

『それにしてもお客様。このような人里離れた山奥まで、よくぞいらして……』

「いや、ここ街のど真ん中じゃないか。エキマエ《駅前》って街の中心地だろ？」

「そういう設定！　山奥の怪しげな廃旅館って設定ですので！」

〝お約束〟を知らないアルフレッドのツッコミに、思わず素に戻った説明係の悲鳴が響いた。

テレビ《モニター》に流れる映画《説明動画》は、異世界人のアルフレッドが見ても確かにゾッとする内容ではあった。

『――かつてこの場所には、金の採掘で栄えた城下町があった。

しかしその繁栄を妬《ねた》んだ残忍な敵国が攻め込み、領主の兵どころか庶民に至るまで皆殺しに遭《あ》う。

情け容赦のない敵兵は老人子供までことごとく殺し、金銀財宝を奪い去ったという――』

「なるほど、こういう話はどこの世界にもあるものなんだな……」

いつのまにか見入ってしまったアルフレッドは、痛ましそうにため息をついた。

「明日は我が身だな」

「なんでっ!?」

『――その後、この地は呪われた場所として知られることになる。

恨みをのんで死んだ者たちはあの世に行けぬまま、踏み入ったよそ者を侵略者だと思い死霊となって襲いかかる――』

「そんな奴《やつ》らと一緒にされたらとんでもない不名誉だろう。なぜきちんと別人だと説明して誤解を解かない？」

「相手はもう死んでますので！　話聞いてくれませんから！」

『――やがて時代が下り、この地は温泉地として栄えるようになる。しかしその繁栄もつかの間。悪霊封じの封印が解けて呪いは再び世にあふれ、夜な夜な怪奇現象が――』

「金鉱があったとは言っていたけど、温泉が出るなんて最初に出てきた？」

「その辺りは長い年月のあいだにですね……！」

『――この獄門館もかつては大勢のお客様で賑《にぎ》わったものですが……今や怨霊が跳梁跋扈《ちょうりょうばっこ》し、宿の者もお客様も取り殺されてしまいました――』

「一日二日の被害ってわけでもないんだろう？　なんで早々に逃げないんだ。危険認識がなってないな」

『――ああ、おいたわしや。あなたももはや、生きては戻れないでしょう！　――』

「いや、十歩入っただけだし」

「ストーリー設定にいちいちツッコまないでくださいよ!?」

いろいろ説明に矛盾がある気がするけど、大枠は理解した。

「つまりここは誰も来ない場所にある潰れた宿屋で、その理由が大昔の呪いが復活して悪霊が支配してしまったから。俺はそんな噂《うわさ》を聞きつけて探検にきた物好きで、宿屋に踏み入ったところで従業員の幽霊に遭遇して過去の因縁を説明してもらったと。うん、だいたい分かった」

アルフレッドは一度言葉に出して状況を整理すると、準備の不足を嘆いた。

「しまったな、そういうことなら一人で来るんじゃなかった。ヤバい悪霊は姫様《聖女》のほうが得意だからな、連れてきて守ってもらえばよかった」

「お、女の子にっすか……」

◆

事前説明が終わったので、アルフレッドは説明係に見送られて中に踏み込む。

「なるほど、いかにも放置された廃墟だ」

外から見たら安普請《やすぶしん》の木造建築だったけど、内側は確かに豪華な居酒屋《和風建築》が長年放置されたように見える。

物珍しくてキョロキョロしながら進むと……いきなり雷のような音が鳴って壁の紙《障子》がまばゆく発光し、〝逃げて〟と書かれた血文字が目の前に映し出された。

「オオッ!?」

思わずアルフレッドは半歩下がり、額の汗をぬぐう。

「……なるほど、これは驚いた。いきなり光るからビックリだ」

勇者、心霊現象自体を知らないので物理現象にだけ驚く。

「つまりアレかな？　こう、あちこちに罠《わな》みたいなものが仕掛けてあって……うっかり引っかかると、脅かす仕掛けが動くと。それでビックリするから、心臓《気》が弱い人間は向かないと入り口で確認しているわけか」

勇者はお化け屋敷を、単純な〝驚かせ企画〟と理解した。

おもしろくなってきたアルフレッドはさらに進む。


また何か踏んだらしく、斜め前のカーテンが重なっている陰から急に何かが飛び出してアルフレッドに襲い掛かった。

「む！」

とっさに腕を振るうと、上から吊《つ》った恐《おそ》ろしい顔の……死んだ騎士《鎧武者》の人形が引っかかった。手を放すとそれはアルフレッドの背後に流れて壁の隠し場所へ収まる。

本来は前をかすめるだけの脅かしなんだけど、アルフレッドとて腐っても現役勇者。彼の反射神経はマネキンよりも速かった。

「ふむ」

今のを見て、アルフレッドは考えた。

「そうか……これは」

あの飛び出してくる人形を、何体殴れるかっていうゲームなんだな？

「よおし、完璧に理解した！　頑張るぞぉ！」

◆

「うーん、何が悪かったんだろう」

アルフレッドはベンチに座り、首を傾《かし》げていた。

〝お化け屋敷〟で飛び出る人形を一生懸命殴りまくっていたら、なぜか出口にたどり着く前に係員につまみ出されてしまった。

「どうも、あのイベントの趣旨と俺の認識にズレがあったみたいなんだが……」

〝肝試し〟を理解していないアルフレッドに、それを人工的に再現した〝お化け屋敷〟が理解できるわけがない。

「まあ、でもいいか。よく分からなかったけどニッポン文化を体験できたし。こういうこともあるさ」

アルフレッドの世界とニッポン《異世界》は物事の根っこが違うのだ。あらゆることを理解できると考えるのは傲慢であろう。

「分からなかった、ということも一つの成果だな」

頂点に近づいた太陽を見ながら、勇者はひとり頷く。なんだか腹が減ってきた。

有意義な時間潰しに満足したアルフレッドは、今日の昼食を決めるためにベンチから立ち上がった。

第9話　勇者、ハッピーアワーに無双する

街をぶらぶら歩く異世界の勇者アルフレッドは、時間を持て余していた。

「うーん、時間が中途半端に余っちゃったな」

今は午後三時過ぎ。陽はまだ高い。

自分の世界に帰還するタイムリミットまでには、まだ全然余裕がある。

◆

今回アルフレッドが楽しみにしていたイベントは、もうすでに大体こなしてしまった。

昨晩はいつもどおり酒場に繰り出し、今日は朝から優雅に「ビジホ」の豪華朝食バイキング（無料）を時間いっぱいまで楽しんだ《食べまくった》。

その後は金曜日（アルフレッドの世界の安息日を、ニッポンではキンヨウビ……金物《かなもの》の日と表現するようだ）の昼間は特別料金千円の映画館を見つけたので、熟慮の末に冒険活劇を一本鑑賞。なかなか興味深かった。

そして映画館から出てきたところで昼過ぎのコンビニは意外と客が少ないのに気がつき、深夜でないと見るのが恥ずかしい絵画《グラビア》をさりげなく二時間ほど嗜《たしな》んだ。

もちろんそのまま退店するような愚は犯さない。

普通の買い物客に見えるようにアイスコーヒー（百円）を買ってイートインで飲み、スタイリッシュに店を出てきたので怪しいヤツとは思われなかっただろう。


完璧なニッポンの休日を過ごした。思い残すことはないと言えば、ない。だからもう自分の世界へ帰還しても、構わないのだが……。

「そうはいっても、何も急いで自分の世界に帰ることはないよな」

アルフレッドは昨晩入った旅先の宿のレベルを思い、ため息をついた。

早く帰っても、ビジホとは比べ物にならないボロい宿屋の個室で朝まで寝ているだけだ。変に外出してお姫様とかに見つかったら面倒なことになる。だったらニッポンの街で時間ギリギリまで粘ったほうがいい。

「だけど、それはそれで……」

ここで、何をして時間を潰したらいいだろう？

「時間いっぱいまでニッポン《ニッポン》で遊ぶにしても、もうやりたいことはやりきっちゃったしなあ。これから何か、見にいくか？　しかし……」

　今の時間を考えれば、おもしろそうなものをこれから探してもすぐに日暮れだろう。

「ニッポンでも昼と夜とでは営業している店の業種が違うしな。昼の店を今から楽しむ時間はないだろうなぁ」

　本音を言えばどこかを見て回るよりも、もう一回居酒屋で飲んでおきたい。だけど、それには大きな問題が一つある。

「あーあ、夜の店が早く開いてくれればなあ……」

　この時間、ニッポンの居酒屋はまだ開いていない。


　ニッポン世界で一番楽しみにしているのは、なんといっても酒。

　ビールは最高だし、チューハイもサワーも美味《うま》い。ニッポンの美酒を二日続けて飲めるのならば、宿のグレードを落としてもいいと思っているほどだ。

「あー、それが可能ならな～……軍資金《酒代》を捻出するために、路上で野宿も辞さないのになぁ」

　ニッポン側が迷惑するので、それは勘弁してほしい。


　これほどにアルフレッドは、ニッポンでの飲酒体験を楽しみにしている。

　だというのに……残念ながらニッポンの酒場は、夕暮れから始まるのだ。開店を待っていては、楽しく飲み始めても酔いが回る前に帰還の時刻になってしまう。

「まったく、なんでニッポンの酒飲みは昼から飲みたいと声を上げないんだ！」

ふがいないニッポンの同志《飲みクズ》に憤慨し……アルフレッドは肩を落とした。

「……飲む場所があればなあ……今回は財布に少し余裕があるし、今から店を開けてくれれば有り金を全部使って飲んでいくのになぁ」


残念だ。

非常に残念だ。


「いっそ、スーパーでチューハイとソウザイを買って公園で一人……」

……とも考えたものの。

そういうオッサンたちを実際に見かけたことはあるのだが、どうもニッポンでは昼から公衆の面前で飲んでいる人間への視線が厳しい。

「ここが異世界《ニッポン》で俺を知る人がいないとはいえ、勇者が民衆に後ろ指を指されるのは……よくないな」

それはあまりに恥ずかしい。

さすがのアルフレッドも、その方法はあきらめた。

そんなこんなで、行くところがない。

スーパーから公園直行プランに未練を残しつつ、トボトボ歩いていたアルフレッドは〝とある店〟の前を通りかかった。

「……うん？」

思わず目をこすり、もう一度よく見る。

信じられず、アルフレッドは看板を何度も見直した。

「……赤ちょうちんに火が入っている？」

◆

「イィラッシェー！」

半信半疑で縄暖簾《のれん》をくぐったアルフレッドを待っていたのは、ガラガラだけど確かに営業中の居酒屋だった。

「こ、この店はもう開いているのか？」

いそいそと迎えに出てきた店員に、アルフレッドが恐る恐る尋ねると。

「はいっ、うちは昼から通し営業ですんで！　午前十一時から明日の午前一時まで、バッチリ営業中です！」

「お、おぉ……！　そいつはバッチリだな！」

「はいっ、バッチリで！」

何がバッチリなのか二人とも分からないけど、とにかくバッチリだ。


「これはありがたい！」

開店前の店に押し入るつもりはないが、既に開店しているのなら遠慮はない。

さっそくカウンターに案内され、熱いおしぼりで顔を拭うアルフレッドに店員が一枚のメニューを差し出した。

「ただいまの時間、午後六時まではハッピーアワーです！」

「……はっぴーあわーとは？」

「はい！　このメニューに載っている酒は一杯百円でご提供しているんですよ！」

「一杯百円⁉」

通常は四百円以上するのに⁉

勇者は思わず手を止め瞠目《どうもく》した。店員に冗談を言っている様子はない。

「そ、それでやっていけるのか⁉」

「はいっ！　ツマミもモリモリいっていただければバッチリです！」

「おお、バッチリ！　よし、とりあえず生！」

「はぁいっ、生一丁！」

アルフレッドはまずは考えなくても頭に浮かぶビールを頼んだ。

そして店員が引っ込むと同時に、急いでメニューを精査する。

「おお、サワーもチューハイもある……」

メニューを見るに、ちゃんとした物を揃《そろ》えている。むしろいろいろありすぎて、アルフレッドの理解が追いつかないぐらいだ。

「ハイボール？　ロック？　ニッポンシュ？　よく分からないが、まあ一杯百円ならこいつらも試してみる価値はあるな！」

なぜかビールが載っていないが、頼んだ時に店員がダメと言わなかったからビールも出てくるようだ。ならば注文しても構わないだろう。

アルフレッドはビールと発泡酒の区別がついていない。


メニューに載っている酒は実に四十種を数える。

「こ、これがどれでも、一杯百円……」

この店の主《あるじ》は酔狂な趣味人なのだろうか？

「まあ、他人の背景など探っている場合ではないな……俺はただ、自分がやるべきことを為《な》すだけだ」

つまり。

「あるだけの種類を飲み干さねばならん……これが今日、俺に与えられた真の使命だったのだな！」

アルフレッドはバッチリ天啓を理解した。

「とはいえ、さすがに今から夜までに四十種類すべては飲めないな……」

時間も金も、そこまでは余裕はない。

だが、ツマミの品数を抑えてとにかく酒に集中すれば……十、いや二十は！

「ふ、ふふ……二十杯か」

めまいがするほどの強敵に、アルフレッドは固唾《かたず》をのんで喉を鳴らした。

「ガッツリ飲んだ時でも、さすがにジョッキで十杯ぐらいかな」

今日はそれを、倍の二十杯……！


アルフレッドは腹の底から、自然と笑いがこみ上げてきた。

「フ……フハハハハ！　強敵と戦うのが、こんなに愉快だとはな！　とてつもなく困難な戦いになるだろうが……うむ。勇者たる俺が、敵に背中は見せられぬ！」

アルフレッドは群がりくる大軍を前に、むしろ奮起を感じていた。


……そうだ。これは、己《おのれ》の限界への挑戦なのだ！

「やってやるぞ……酒に勝てぬ程度の男が、魔王に勝てるはずがない！」

「魔王」と口にした途端、勇者を死ぬほどこき使ってくれる某国の姫君の顔がなぜか脳裏に浮かんだが……。

「いかん。酒との対話中に、なんであんな酒がマズくなるような顔を思い浮かべねばならんのだ」

さっさと酔わないと。

アルフレッドはビールを持ってきた店員に第二陣の枝豆と巨峰サワー、レモンハイを注文すると、黄金の弾《はじ》ける液体が入ったジョッキを一息にあおった。

◆

「うーん、いい飲みっぷり」

フロア担当は、ご新規さんの飲みっぷりを感心して眺めた。まるで炎天下にスポーツドリンクを飲むが如《ごと》くに、ガンガン中ジョッキを空けている。

「突き出しのきんぴらと枝豆だけでもう四杯目か……あれは酔うな」

大量に飲むならツマミも食わないと。酒だけでがっつきすぎだ。

つぶやきを聞いて、店長が厨房《ちゅうぼう》の暖簾から顔を出した。

「どうよ、カウンターの客」

「いい感じっすねえ。むしろピッチが速すぎて、急性アル中でダウンしないかが心配です」

「おいおい、それはつまらないな。せっかく久し振りに活《い》きのいい客が来たのに」

店長もおもしろがっているのを見て、フロア担当がニカッと無邪気で悪い笑みを見せた。

「おっ？　店長、久し振りに握ります？」

「そうだな……俺は十五杯ってとこで一本《千円》。おまえは？」

「そうっすねえ……倍プッシュ《賭け金倍》で二十杯！」

「おーっ、載せるねえ」

ハッピーアワーは安く飲めるので、体育会系の学生からフードファイター系まで、金のない大酒飲みどもが押し寄せる。そんな客が何杯空けるかで賭けるのが、彼らの密《ひそ》かなお楽しみだ。

「最近はお行儀のいい客ばかりで退屈してたけど……こいつは久しぶりに楽しめそうっすね」

「そうと決まれば……やっこさんが途中で倒れちまわない《ゲロっちまわない》ように、おまえうまいこと誘導しとけ」

「ういっす！　早めにべろんべろんに酔わせて、財布の硬いあちらさん《今日のオモチャ》にツマミもどんどん注文させますか！」

◆

「すまないがもう一杯ビールと……この、初恋レモンとかいうヤツを頼む」

「はっあぁい、よぉろこぉんでぇえ！　お客さん、甘めもイケるのならコーラ・ハイもなかなかっすよ！」

「ほう？　どういう酒なんだ？」

「コーラをチューハイにしました」

説明されているようでされてない。


だが、アルフレッドにはその言葉に閃《ひらめ》くものがあった。

「それはもしや……コーラに酒が入っているのか!?」

「そうそう、そんな感じっす」

映画館でアルフレッドがモヤモヤした、コーラ唯一の欠点……〝アルコールが入っていない〟を解消した物があるだと？

「よし、ソイツももらおう！」

「ご一緒にフライドポテトはいかがですか？　コーラにもビールにもすごく合いますよ！」

「フライドポテト……」

急いでメニューに視線を走らせると、量のわりに安いツマミのようだ。

「そうだな、枝豆もなくなったし……それももらおうか」

「はっあぁい！　フゥライドポテト入りましったぁ！」

「えーと、そろそろ次にいこうかな」

アルフレッドが顔を上げると、ちょうどいい位置にさっきの店員がいた。

「ご注文ですかっ⁉」

「あ、ああ……次はこの、ニッポン酒とかいうのを……」

「おっ客さぁん、たこワサは合わせたことあります⁉　ポン酒にはアレがグンバツに合うんですよねえ！」

「えっ？　じゃあ、それも」

「はっあぁい、承りぃ！」


「チェリーサワー、あと……ファジーネーブルを追加で」

「柑橘《かんきつ》系も攻めるんなら、ここで焼き物いっとくといいですよ！　ホッケなんかどうです⁉　脂がのってるよいのが入ってるんですよ！」

「あ、そう？　それじゃ、まあ……」


「うーん、ジントニック……」

「おっ、ジントニックっていったら肉ですよ、肉！　ガーリックカットステーキがお勧めです！」

「あー……ま、それで」


「えーと……後はぁ……なんか、まだ飲んでないヤツ……」

「かぁしこまりぃ！　ウーロンハイにジンジャーサワー、カルーアミルクにレバーパテとフライ盛り合わせをご用意いたしまぁす！」

「うむ、頼むぞ……なんだか、かゆいところに手が届く店員だなあ……」

すでに泥酔しかかり、思考能力が落ちているアルフレッド。〝おまかせ〟どころか勝手に注文されていることをおかしいとも思わずに、勇者は頼もしげに店員を見送った。

◆

またオーダーが入った。取ってきたフロア担当も大興奮だ。

「七席のお客さん、とうとう大台《二十杯超え》に乗りましたよ！」

「ヒュー！　すげえ、まだいけそうだな！」

店長も軽く口笛を一吹きするが、さすがに多すぎて心配になったらしい。

「しかし大丈夫か？　救急車呼ぶ前に止めるか？」

「いやあ、食うほうも食ってるし、トイレに行って出してるからたぶん大丈夫っすよ。どうせうちの酒は安いぶん薄く割ってるじゃないですか」

「そりゃそうだけどさ……次は二十五杯、賭けるか？」

「よし、俺は〝超える〟に一本《千円》！」

◆

店員の元気のよい挨拶に見送られ、アルフレッドは陽が落ちた町をふらふら歩きだした。

「あー、じつに気持ちよく飲んだなあ……！」

ニッポン世界だろうと自分の世界だろうと、こんなに〝もう飲めない〟なんてところまで酒を飲んだのは初めてじゃないだろうか。

「いいなあ。じつにいい！　明るいうちから飲めるなんて、サイコー！」

気分がよくて、ついつい慣れないダンスを踊っちゃう。


うまく乗せられて有り金をはたいたことに、アルフレッドはまだ気がついていない。

それでも繰り越したへそくりを空にした程度で済んだのだから……アルフレッドの酒量にしては、やっぱりお得ではある。

「うん、この店にはまた来ないとな！」

ゴキゲンな勇者は街をゆく人々を眺めた。ニッポンではまだ全然宵の口だけど、ウラガン王国でこの時間はもう皆寝ている時間だ。

そろそろ〝帰る〟時刻。

「えーと、宿の俺の部屋は……端から二番目……だったっけ？」

アルフレッドはいつものとおり、戻りたい場所を頭の中に思い描いて……酔いのせいでわずかに座標がずれているのに気がつかず、そのまま神に帰還を願った。

◆

ウラガン王国の白百合《しらゆり》とも称されるミリア姫は、目覚めた姿勢のまま寝台の上でずっと固まっていた。

その気品のある美貌は無表情で、さっきから瞬《まばた》き一つしていない。

起きてから、かれこれ三十分。

彼女は人形のように微動だにしていなかった。

もちろん彫像のような外面と反対に、彼女の内では様々な感情が荒れ狂っている。

今の彼女の心情は、魔王の侵攻を聞いた時より、勇者に討伐報酬として下賜されると決まった時より、激しい嵐に見舞われていると言ってもいい。

今は魔王討伐の旅の途中。

七日に一度の安息日を終えて寝台に入り、そろそろ夜明けかという時刻に違和感で目が覚めた。

目覚めたら……なぜか勇者が同じ寝台に入り、自分の胸に顔をうずめて寝ていた。

昨夜、いったい何が起きたのか分からない。

旅の途中の宿なので、当然ながら部屋の鍵は厳重にかけてある。

ついでに扉と窓にも〝固定〟の魔法をかけておいた。高位の魔術師でなければ破れない。

視界の端に見える限りでは、壁を破壊して入ってきたようにも見えない。

そもそもそんなことをしたら、隣の部屋に寝ている護衛騎士《バーバラ》が音を聞いて飛び込んでくる。

どうやって入ったのかは分からないが、勇者が泥酔して部屋を間違えたのは臭《にお》いで理解できた。

そして狼藉者《ろうぜきもの》が服を着ているのは感触で分かったので、寝ているあいだに最悪の事態が起きなかったのは確信している。

……それがなぜ、感触で分かったかというと。

ミリアは王宮での生活のとおり、一糸まとわぬ姿で寝台に入っていたからだ。

◆

(安息日に泥酔だなんて……このバカは何をやっているのかしら！)

冷静に考えればその一言だけど、もちろん今のミリアが冷静でいられるはずがない。

本音を言えば出せるだけの大声で怒鳴りつけて、今すぐ聖女の錫杖《しゃくじょう》で撲殺したい。

だが、それをすれば。

忠義の騎士《バーバラ》とその他が部屋に乱入してくるまでに、服を着る余裕がない。

というか、それ以前に。

怒鳴って起こせば、ミリアを不敬にも抱きしめて剥《む》き出しの胸にほおずりしている慮外者《りょがいもの》に肌を見られてしまう。

バーバラが身支度の手伝いに来るまで、あと少し。それまでに最善手を考えなければならない。

王女として、聖女として、一人の乙女として、決して公衆の面前で恥をかくわけにいかない。とにかく知恵を尽くして、なにもなかったことにしなければ……。

ただ。

とりあえず今、ミリアの心を占めるのは。

(殺す)

たった一つの想い。

（殺す）

ただ、それだけ。

（殺す）

第9.5話　騎士、最近の勇者に頭を悩ませる

ウラガン王国と敬愛すべき聖女・ミリア姫に忠誠を誓う騎士バーバラは、このところ頭を悩ませる事態にぶつかっていた。

最近、勇者がおかしい。

「……いや、それは元からか。敢《あ》えて言うなら……」

最近、さらに勇者がおかしい。

あの男……なんとか男爵家《ラッセル》のアルフレッドは、勇者に選ばれる前はもう少しマシな男であったように思う。

具体的に言えば。

神託でヤツが勇者に指名された時に、名前を聞いてもまったく誰だか思い当たらない程度には……問題を起こしたこともない男だったはずだ。

それがなぜか魔王討伐の旅に出るようになってから、討伐パーティの中でやたらと問題になるようなことばかりをやらかしてくれる。問題といっても重大事案を引き起こすとか、(今のところは)そういうレベルまではいっていないのだが……。

女性への意識した嫌がらせ《セクシャル・ハラスメント》のような……ついうっかりで失言、失態をかましているだけのような……なんともいえない小事件ばかり起こしてくれる。

ただ彼がそれをやらかす時は、思わず凍りつくような事例が多いのでシャレにならない。


そもそもこの魔王討伐パーティは最初から、人間関係がギクシャクしている。

そこへチームが分解しかねない勇者のやらかしが頻発するので、仲間の結束を(一応)気にかけているバーバラとしては「いい加減にしろ!?」と叫びたくなるのだ……。

◆

パーティが七日に一度の安息日を宿で過ごし、身体《からだ》を休めてリフレッシュした翌日の今日。

早朝から聖女でもあるミリア姫の居室で騒ぎが起こり、姫の護衛騎士でもある剣士バーバラが何事かと駆けつけて見れば……勇者が床の上に直接座らされ、説教(というか錫杖《しゃくじょう》で思いきり殴られながらなので折檻《せっかん》)を受けていた。

怒り狂うミリア姫をなだめて事情を訊くと――どうやら勇者は神聖な安息日に深酒をして、泥酔したうえに自室と間違え姫の部屋で寝こけていたらしい。

当の本人はまったく覚えておらず、しきりに首を傾《かし》げている。だが確かに姫の部屋で寝ていたとあって、必死に謝りながら吊《つ》るし上げに遭《あ》っていた。

……いや、姫一人に締め上げられているのを〝吊るし上げ〟と表現していいのか分からないが。

ただバーバラは、何が起こったのかを知って叫び声を上げそうになった。

というのもミリア姫は、寝る時に衣服をすべて脱いでいることが多いのだ。

もちろん野営中は外套《がいとう》まで着たまま寝ているし、それなりに信頼できる宿でなければそんな無防備なことはしないのだが……我が国の貴婦人としては珍しくない習慣なので、今まで気にも留めていなかった。

(それがまさか、あのアホ勇者が姫の寝室に無断侵入しただなんて……!?)

バーバラはそっと姫の顔を窺《うかが》ってみる。

うん、間違いない。

キレ具合といい、あの怒りと別種の赤くなりかたといい、姫が勇者に気がついた時にはいつもどおりだったようだ。

とりあえず服を着てから大バカ者《アルフレッド》を叩《たた》き起こすだけの理性が姫に残っていたようで、バーバラもそこだけは安心した。

もし姫が起きた瞬間に悲鳴を上げていたら、アルフレッドの罪状は無断侵入どころじゃ済まなかった。勇者が魔王を倒す前に断頭台の露と消える……そんな悪夢にならずに済んで、バーバラは内心ホッと安堵《あんど》のため息をついた。

(なんて迂闊《うかつ》なんだ、このバカ……)

姫の側近でもあるバーバラとしては、そう思わずにはいられない。

危険な旅の最中に我を忘れるほどの深酒をするのも問題だが、そもそも数少ない姫の護衛が出先で隠れて酒を飲むこと自体が怠慢と言わざるをえない。

——何事も姫が基準のバーバラは、アルフレッドに「姫の護衛」をしている認識がないのが分からない。

名目上は勇者の供が聖女だが……現実問題、この勇者パーティは王宮の上下関係がそのまま立場に反映されている。だから聖女《姫》に勇者《男爵令息》が仕える図式だ。

その程度のこと、忘れようもないはずなのにこの体《てい》たらく……。

でもまだアホ勇者にとって、事件を起こしたのが旅先のことで助かったのかもしれない。こんな酒乱騒ぎを宮中の舞踏会で起こしていたら、明日には男爵家がなくなっていただろう。

(この調子ではあのバカ《アルフレッド》、たとえ魔王を倒しても討伐後に姫に始末されるのではないだろうか……?)

先日は自分から言い出したくせに、そんな心配をしてしまうバーバラだった。

バーバラは一応、欠点ばかりながら亀の歩みで成長しつつある勇者を大らかに見守っているつもりだが……。

(なんでこのバカ《アルフレッド》は、評価を落とすような真似《まね》ばかり繰り返すのか……!?)

特に今日のやらかしは強烈だ。

(これは魔王討伐の使命を加味しても……斬首、いや縛り首もあるかもなあ……)

もはやアルフレッドの首が落ちるかどうかは、姫の忍耐と損得勘定《使命への取り組み》にかかっている。

騎士はハラハラしながら、烈火のごとく怒る姫と土下座する勇者を見守った。

◆

世界（と粗忽《そこつ》な勇者）にとって幸いなことに、今回も姫の自己犠牲の精神《忍耐力》がなんとかデッドライン寸前で踏み留まってくれた。

とうとう処刑の指示は出ないまま、姫の罵声《ばせい》がトーンダウンし始めた。段々と錫杖を持つ手が怒鳴り声についていかなくなる。それに勇者も気がついたのか、懸命に頭を下げながらも……どこかホッとした様子が、彼の背中から漂っている。

「まったく……ああ、朝食が遅くなってしまいますわね」

姫もお小言の締めに入った。勇者の首は今回も間一髪、飛ばなかったようだ。

……と、思ったら。

バーバラと同じく騒ぎを聞いて駆けつけた魔術師のエルザが、妙にニヤニヤしながらアルフレッドに声をかけた。

「ところでアル」

「うん？」

「姫様のお肌はどうだった？」

空気にピシッとヒビが入る音が、どこかから確かに聞こえたような気がした。

「な……何を訊いているの、エルザ!?」

姫が泡を食って叫ぶと、年若い魔術師はミリアとアルフレッドの顔を交互に見ながら……人の悪い笑みをより深めた。

「いやあ、別にい？　ただ、アルが姫様の寝ているところに押し入ったのなら、ついでにしどけない寝姿も拝見したんじゃないかなぁって、そう思っただけ」

「なんでそんなことを思うのよ!?」

「あらあ、姫様ぁ。お忘れのようですけど、私、これでも男爵家の令嬢ですのよ？」

「うっ……！」

急所を突かれた姫の口から、思わず呻《うめ》きが漏れた。

思いがけない方角からの一撃に、バーバラも硬直して喉を鳴らす。


そうだった。

エルザもアルフレッドと同じく、男爵家に生まれた身。当然ながら貴族の習慣はよく知っている。

ミリア姫がより一層赤くなった。

「な、何を言ってるのかまったく分からないわね！」

上ずりながら早口にまくしたてるミリアを、エルザはニタニタ笑いながら見守っている。

「あらあらあ？　姫様、私はアルに聞いたんですけどお？」

「ぐっ……！」

この二人、元から仲が悪い。

何が原因なのかバーバラも把握していないが、とにかく前からそりが合わない。

そしてあいだにアルフレッドが挟まると、なぜかさらに過激になる。

「いや、俺はそんな……」

アルフレッドが否定しようとするが、エルザは質問を重ねていく。

当然だ。エルザはアルフレッドをダシに、ミリアをからかっているのだから。

「またまたぁ。ねえアル、実際のところさぁ」

「な、なんだよ」

「……ウラガン王国の白百合《ミリア姫》様の胸って、少しは膨らみがあるわけ？　胸当ては御大層なサイズをつけてるけどさあ、中身はどんなものだか分からないから気になってたのよねえ？」

「エルザ、あなたね……っ!?」

挑発的な魔術師の一線を越えた発言に、姫がちょっと貴婦人がしてはいけない顔で歯噛《はが》みする。

（あああ、エルザまでなんてことをしてくれるんだ……!?）

今にも粛清命令が出るんじゃないかと、横で聞いているバーバラは冷や汗ものだ。

馬の合わない女二人のしのぎ合い。これがどう転がるのか分からない。

と思っていたら、その真ん中に挟まれた勇者が黙っていればいいものを……場の空気を読めない男《アルフレッド》が、真っ正直に思うところを答えてしまった。

「いや、俺もビックリしたんだけどさあ。姫様、アレでも窮屈なぐらいにあるんだよ」

「えっ!?　うそっ!?」

自らもそんなに大きくないエルザが、自分から話題を振ったくせに愕然《がくぜん》とした顔でミリアの胸に視線を向けた。意外な援護に今度は逆にミリアがうざい笑みで勝ち誇り、そんな姫をエルザが殺意の滲《にじ》んだ顔で睨《にら》む。

そこへとぼけた顔の勇者が、さらに油を注ぎ込んだ。

「俺もてっきり見栄であんなのつけてるんだと思ってたんだけど、けっこうな美巨乳だった……まあ、バーバラほどじゃないけど」

〝勇者〟の何気ない一言に聖女《ミリア》と魔術師《エルザ》が、突如出現した第三極《バーバラ》の胸をカッと睨む。

突然自分に話を振られ、バーバラも慌てた。

「いきなり何を言い出すんだ、おまえは!?」

とりあえず勇者を非難してみたが……非難しつつも……正直、どこかまんざらでもない気持ちがないでもない。

普段男勝りで女性扱いされないぶん、意外な所から女子力を評価されると……なんというか、照れる。

堅物の騎士《バーバラ》としても正直、女子的な部分が他の者より「上」だと褒められると悪い気はしない。比較相手が敬愛するミリア姫であろうともだ。

これは相手が姫だろうと譲れない、「女」の本能《マウンティング》なのだ。

おかしな三すくみになった女たちが、無言のまま他の二人を睨みあい……いらないところで正直な勇者に振り回され、場の空気はなんだか収拾がつかなくなってしまった。

◆

粗忽な勇者を叱っていたはずが、なぜか女の戦いに。

そんな所へ。

「ふうむ……まあ、話をまとめると」

皆と一緒に駆けつけたが今まで一言もしゃべらず、おもしろそうに眺めていたダークエルフが初めて口を開いた。

「結論としては、アルフレッドは酔っぱらいつつもしっかりミリアのあられもない姿を記憶していたと。そういうことでいいのかな?」

……………あっ。

一切覚えていないと嘘《うそ》をついていた勇者を、騎士と魔術師が無言で見つめる。
それから二人は視線を、実は見られていた姫に移す。
しばしの沈黙が部屋に満ちた。

その後。
表情がすとんと抜け落ちたミリアが油断していたバーバラの剣を引き抜いて勇者に振りかざすのを、
周囲の人間は押さえつけるのに苦労したのだった。

弓使いフローラの観察

（なかなかおもしろいなあ）

勇者パーティに請われて参加した、ダークエルフの弓使いフローラ。この歴戦の傭兵《ようへい》の趣味は人間観察だ。

大きな冒険を一つ済ませ、しばらく骨休めのつもりでぶらぶらしていたフローラ。たまたま客分として居候を始めたウラガン王国の冒険者ギルドで、次の仕事として紹介されたのがまさかの〝勇者パーティの補助〟だったのには驚いた。

聞けばベテランがおらず、〝地理に詳しい道案内〟兼〝遠距離攻撃が可能な後衛〟が欲しいのだという。

両方を兼ね備えた者なんて、そう簡単には見つからない。ギルドに候補者の照会が来た時にちょうどフローラが滞在していたのは、勇者にとってもフローラにとってもまさに奇跡のタイミングだったといえる。

勇者パーティの求人なんて、そうそうあるものじゃない。

よくある長期クエストなら面倒なので断ろうと思っていたフローラも、あまりに珍しいので参加を承諾することにした。

◆

（それが、まさかこんな場面に出くわすとはねえ）

事の推移を見守っているダークエルフの前で、聖女と勇者が喧嘩《けんか》をしている。

喧嘩しているというか、悲鳴を上げて命乞いをする勇者を聖女が剣で一刀両断にしようとしている。

「ごめんなさい！　本当に悪気はなかったんです！」

「戯言《たわごと》はいいから、もう今すぐ死になさい」

「姫、どうかこのバカにお慈悲を！　まだ魔王を倒していません、どうかそれまでは!?」

剣士がなんとか聖女を止めようとしているが、激怒を通り越して表情が死んでいる聖女が手を止めてくれるかどうか……それ以前にこの剣士が自分の剣を聖女にうっかり取られなければ、こんな事態にならなかったのだが。

フローラは聖女と仲が悪い魔術師に声をかけた。自分の余計な一言がこんなに大事になったので、さすがにこいつも慌てている。

「おまえの魔術で、姫を鎮静化できないか？」

「そんな器用な魔術はないわよ。二人まとめて吹っ飛ばすならできるけど」

こいつも王国きっての秀才とかいうわりにはポンコツだ。

「うむ、なるほど。仕方ないな」

フローラはすごくくだらない理由で仲間割れをしている勇者パーティを見回し、一人頷《うなず》いた。

（うん。いいなぁ、この先の読めなさ）

パーティの中心人物、というか世界の命運を握るはずの勇者をサポートメンバーが処刑しかけている……こんな筋書き、どんな田舎劇団に持っていったって「リアリティがない」と不採用だろう。


フローラは楽しいことが好きだ。

退屈は嫌だ。おもしろいことだけして生きていたい。

興味を持ったことにはなんにでも首を突っ込み、危険だ無謀だと言われてもスリルを感じるためなら強大な敵にも立ち向かう。逆に正義や大義を説かれたって、やる気にならなければ何もしない。

ダークエルフの生き方っていうのは、そういうものだと思う。

そんなことをしているうちに大きな称号を手に入れたり、人間社会でふらついていたら「大陸一の弓使い」などと異名がついたりしたが……基本的には自分のことを、風のままに遊び歩く風来坊だと思っている。

そんな彼女にとって、この勇者パーティは。

フローラは大騒ぎする仲間たちを見ながら、晴れ晴れとした表情で頷いた。

「うん、やっぱり誘いに乗ってよかった。毎日が楽しい」

「のんきにボケたこと言ってないで、あんたも暴走女《ミリア》を止めなさいよ!?」

◆

フローラが楽しく笑い転げていたらバーバラやエルザに睨《にら》まれたので、仕方なく仲裁に入ることにした。

タイミングを見計らって聖女《ミリア》の振り上げた剣を掴《つか》み、後ろに捩《ね》じる。力を入れられない方向に負荷をかけられて、聖女は簡単に剣を手放した。

「その辺にしておけ、ミリア。おまえにとっても大事な使命があるのだろう?」

「う……」

武器を取られたミリアはフローラの言葉に不機嫌そうに黙り込み、静かになる。

一見、説得されて落ち着いたように見えるが……本当はいくら手に合う武器《他人の剣》ではないとはいえ、抜き身の刃物を苦もなく奪い取られたことに驚いているのだろう。そのあたり、やはり実戦経験の差がモノを言う。

少し年上程度に見えてもフローラはダークエルフだ。ミリアの年齢の何倍もの年月を戦いで費やしてきたフローラだからこそ、こんな危険な芸当ができる。

「ま、さすがにバーバラ《本職》相手ならこんな無造作に掴《つか》んだりしないけどな」

「なんの話よ？」

◆

落ち着いたと見て剣士が聖女をなだめにかかるのを横目に見ながら、フローラはふらふら起き上がる勇者に歩み寄った。

「おい、大丈夫かアルフレッド」

「あ、ああ……」

あれだけ激しく鈍器で殴られていたのに、わりと声はしっかりしている。ひ弱に見えて意外と頑丈だ。

「おまえも深酒は大概にしておけよ？」

「ああ……気をつける」

「うむ」

きまり悪そうに顔をそらす様子を見るに、やはり今日のやらかしはこいつでもこたえたらしい。

（ちょうどいいな）

相手が気弱になっている時こそ、狙い目。

フローラは痛みに悶《もだ》える勇者の肩を親し気に抱き、頬を寄せる。

「ところでアルフレッド……ちょっと聞きたいんだが」

「お、おいフローラ……!?」

勇者が突然のボディタッチに慌てるが、もちろんフローラはそれが狙いだ。向こうが身を引いたぶん、グイグイ押していく。見た目からしてあまりモテなさそうな勇者だが、こうしてわざとらしくない程度に軽く色仕掛けを混ぜてやるとじつにおもしろい。

勇者が動揺しているところへ、フローラは今の騒ぎで一番気になったことをぶつけてみた。

「なあ、アルフレッド。おまえ、どうやってミリアの部屋に忍び込んだんだ?」

「いや、それは……」

囁《ささや》きかけると、軽くパニックな勇者が言葉を濁す。さすがに命の危険があったばかりでは口にできないらしい。

「いいじゃん。な?　お姉さんにだけ教えて?」

「お、覚えてない!　俺にも分からないんだ!」

「またまたあ。私は口が堅いぞ?　な、いいじゃないか」

ますます固辞する勇者をさらにからかっていると、後ろからやたらと険悪な声がかかった。

「ちょっとフローラ。あんた、いい加減にしなさいよ。アルが嫌がってるでしょ!」

そちらを見るまでもない。魔術師がカンカンになって、勇者からフローラを引き剥がしにくる。

「ちょっとアルフレッドに聞きたいことがあったんだけど、なかなか口を割らないんだ」

「何を聞きたいんだか知らないけど、しつこいのよ！」

「そうかあ？　そうでもないよな？　なあ、アルフレッド」

「だから離れなさいって⁉」

とぼけてフローラがさらに勇者を抱き込むと、余計に怒って魔術師が詰め寄ってくる。その後ろでさっきまで勇者にキレていた聖女も、慌ててこちらに向かってきた。聖女の後ろではどうやって場を収めようかと、剣士が困惑して右往左往している。


いい。

じつにいい！


（このぼんくら勇者の初々しさもカワイイが、聖女と魔術師も勇者をネタにからかうとすぐムキになるんだよな。こいつらの反応もお互いの関係も、最高におもしろい！）

この勇者パーティ、どいつもこいつもあらゆる経験値が足りな過ぎる！

（神託で決まったと聞いているが、まさか神はメンバーを道化師《コメディアン》から選抜したんじゃなかろうな⁉）

そうフローラが思ってしまうくらいに、人間関係のトラブルばかりが次々起こる。

流れ者の傭兵にしてみれば魔王討伐なんて、できやしない目的はどうでもいい。

ただ次々起こるトラブルのおかげで、毎日が楽しすぎる。このパーティは愉悦第一主義のダークエルフには、あまりに素敵な職場環境だった。

（今しばらくはこのバカどもと、愉快な旅を続けるのも悪くない）

フローラは魔術師と聖女に引っ張られながら、楽しい休暇を満喫できる幸せを心から喜んだ。

「あー、やっぱり参加してよかった！」

「さっきからなんなのよ、あんた……」

【書き下ろし】第2話 勇者、ニッポンシュを考える

アルフレッドはビールが好きだ。

あの黄金色に透きとおった美しい酒は、本当に神の飲み物ではないかと思う。ニッポンではそれがキンキンに冷やされ、眺めて楽しむこともできるガラスの大杯に入って出てくる。ウラガン王国では望むべくもない贅沢だ。

だが異世界ニッポンの酒はビールだけではない。アルフレッドはビール同様に、どの酒にも愛着を持っている。「節操がない!」とか言わないでほしい。だって、どれも美味いから仕方がないのだ。

チューハイにサワー、梅酒にハイボールにウィスキー。ワイン、焼酎、カクテル……そして、ニッポンシュ。

わりとお高いので、なかなか自由に飲めないニッポンシュ。特に海の魚と合わせると抜群なのだが……そっちも高いので、両方同時はなかなかキツい。

◆

今アルフレッドは、そのニッポンシュを飲み比べるという幸運に出会っていた。

YUSHA WA HITORI, NIPPON DE

アルフレッドがなんの気なしに街を歩いていたら、繁華街の公園に多数の天幕が立ち並んでいた。

勇者は知っている。ニッポンの市場はみんな建物の中に店を構えているので、仮設の天幕なんかで商売してない。これは普段はない〝何か〟をやっている時の光景だ。

そういう非日常の出来事こそ、ニッポン散策の醍醐味《だいごみ》だ。さっそくアルフレッドは寄ってみることにした。

「このあいだは犬猫交換会《譲渡》だったからな……何かおもしろい行事だといいんだが」

アルフレッドもワンニャンが嫌いなわけではないが、彼がニッポンに求めている方向性とはちょっと違う。

ワクワクしながら正面に廻《まわ》り込んだ勇者を待っていたのは、まさに彼の好みドンピシャのイベントであった。

「ニッポン全国・酒蔵祭りだと!?」

これだよ。

俺は、これが欲しかったんだ。

感動で目頭の熱くなってきたアルフレッドは、片手で顔を覆って棒立ちになった。

「なんて素敵な催しなんだ……おおおっ、これはテンションが上がってきたぞ！」

ニッポン中から集まったニッポンシュの製造元が、自慢の銘酒をお勧めする。まさに俺のためにあるようなイベントじゃないか！

もう落ちついてなんかいられない！

脱兎のごとく走り出そうとしたアルフレッド……は、ダッシュする寸前に実行委員会の貼り出した注意書きに気がついた。


【ご注意！　泥酔者・派手に騒ぐ方には危険防止のため、退場を命じる場合があります】


「…………ふむ」

上着の襟を正して身だしなみを確認すると、アルフレッドは優美な足取りで歩き出した。

「ここが異世界《ニッポン》とはいえ、俺も男爵家に嫡男として生まれた身。栄えある王国貴族の一員として、人々に模範を示さないとな！」

◆

活気のある会場を歩きながら、アルフレッドは周囲をキョロキョロ見回していた。普段そんなに銘柄を気にしたことがなかったから、何をどう飲めばいいのか分からない。

「基本はそれぞれの自慢の逸品を売るのが目的のようだが、試飲をさせてくれる所もあるみたいだな」

財布に余裕のないアルフレッド的には、むしろそっちがメインだ。

「とりあえず、いろいろなブランドの物を飲み比べてみたいな。居酒屋で飲むにしても、安めのヤツを一種類飲むので精いっぱいだし」

そう思って試飲できるところを探していると、ある店でビンを並べてあれこれ説明している店員の姿が見えた。

「ふむ、あれは間違いないな」

アルフレッドの勘に、ピンとくるものがある。

（あの店……）

「試飲させているな！」

見れば分かる。

◆

さっそくその出店に立ち寄ったアルフレッド。店員に声をかけ、紙のコップに一杯注《つ》いでもらう。

「こちらが当社で一番出ている本醸造酒になります。香りを楽しんでから飲んでみてください」

「ほほう」

コップの底に小指ほどの高さまで注がれた僅かなニッポンシュを、アルフレッドは勧められるままに鼻に寄せて嗅いでみる。

(うん、じつにフルーティーだ)

爽やかな果実の香り。柑橘類《かんきつ》ではなく、ブドウの仲間のような感じ。

それを舌の上で転がすようにそっと飲めば、甘くふくよかな味わいが口内に広がる。やはり美味い。

「今の味を覚えておいてください。そしてこちらが、純米酒になります」

コップの底に小指ほどの高さまで注がれた僅かなニッポンシュを、アルフレッドは勧められるままに鼻に寄せて嗅いでみる。

(うん、これもじつにフルーティーだ)

爽やかな果実の香り。柑橘類ではなく、ブドウの仲間のような感じ。

それを舌の上で転がすようにそっと飲めば、甘くふくよかな味わいが口内に広がる。やはり美味い。

「どうです？　本醸造酒に比べて、純米酒ならでは旨味《うまみ》が広がるでしょう？」

「そうですね」

「そしてこちらが、精米歩合六十パーセント以下の吟醸酒になります」

コップの底に小指ほどの高さまで注がれた僅かなニッポンシュを、アルフレッドは勧められるままに鼻に寄せて嗅いでみる。

(なるほど、これまたじつにフルーティーだ)

以下省略。

「あまり香りの立たない本醸造に比べて、華やかな吟醸香がパッと口の中に広がるでしょう？　これが吟醸酒の素晴らしいところなんですよ」

「なるほど！」

「さらに、今日は特別に用意しましたこちらの純米大吟醸を……」

コップの底に小指ほどの高さまで注がれた僅かなニッポンシュを、アルフレッドは勧められるままに（以下略）。

◆

ベンチに座り込んだアルフレッドは頭を抱えていた。

五種類ほど飲ませてもらった、自慢のニッポンシュ……。

「まったく区別がつかなかった……」

美味いんだけど……。

なんとなく、違っていた気はするんだけど……。

言われるような違いが確かにあったような、でもハッキリ分かったかと言われると……。

「俺は、自分で思っていた以上にバカ舌なのかもしれん……」

今さらなことを、今さら悩むアルフレッドであった。

◆

ショックが少し癒えたアルフレッドは顔を上げた。

「……うん。味音痴を今ここで気にしても仕方ないな」

試飲しながらチラッと値札を確認したけど、吟醸酒だの純米大吟醸だのはアルフレッドが手を出せるような金額ではなかった。

「宿に泊まるのをあきらめて、宿泊費をつぎ込めば買えるかもだけど……宿はともかく、ツマミは欲しい」

普通は逆だ。

「しかもそんなハイクラスの酒を飲むのに、ポテチや歌舞伎揚げというわけにはいかないし……そう考えると、俺はあの酒とは縁がなかったんだな。縁がない高級酒の味なんて、気にしていても仕方ないか」

そう。手が届かないのならこの世に存在しないのも一緒。

自分に見合ったランクの物を楽しめばよいのだ。

「……もしかしたら、別の酒蔵の酒を飲めばまた違う味わいかもしれない。うん、とにかく試せるところは片っ端から試してみよう！」

アルフレッドはまだ見ぬ自分好みの良酒を探し、試飲をやっている天幕で片っ端からもらい酒をする。

試飲はそれぞれ一口ずつとはいえ、数もこなせば一合、二合になる。異世界の勇者は日本酒祭り《にほんしゅまつり》という夢のような空間で酒に酔い、そしてその夢のような時間に酔った。

◆

アルフレッドはベンチに座り、満足げに深く息をついた。ウキウキしながらあちこち覗《のぞ》き、行く先々で飲んでいるのでいい心持ちに酔っぱらっている。

「さすがにこれだけ飲むと、頬が火照《ほて》ってくるなぁ」

ニッポン全国・酒蔵祭り。ニッポンシュ好きの酒飲みにとって、じつに有意義な時間だった。


そしてこのイベントのおかげで、大事なことも分かった。

「しかしまあ、なんと言ったらいいのか……」

美酒に酔っていたアルフレッドの表情に、影が差す。

「あるだけ飲んでみたけど……結局どれを飲んでも、味の違いが今一つ分からなかったな……」


吟醸酒とか純米酒とか。

灘《なだ》の酒とか新潟の酒とか。


もちろん、微妙に「あ、なんか違う」ってのは分かるんだけど。

「まあ俺、ビールも利き酒してみろって言われたら当てる自信ないしな……」

一番馴染《なじ》みがあるビールでも、区別して飲んでいるかって言われたら、飲んでいない。

だから勇者は今日のイベントで、一つの教訓を得た。

――どうせ違いも分からないんだから、俺の馬鹿舌《ばかじた》じゃ安いので十分だわ。

受け入れがたい事実。

だけど事実。

己《おのれ》の弱点をまた一つ認めたおかげで。

アルフレッドは少し、(メンタルが)強くなった。

店頭の張り紙《バナー》をじっと眺めていたアルフレッドは、五分ほど眺めてやっと一言感想を漏らした。

「…………美味《うま》そうだな」

◆

アルフレッドにとってニッポンでも最も馴染《なじ》みがある食べ物、〝牛丼〟。

神の慈悲で初めて異世界《ニッポン》へ来た日、右も左も分からない中で彼が出会った美味が牛丼であった。

お手軽でマナーのいらない庶民的な料理というのもさることながら、店も明るく開けっぴろげで入りやすく、頼めばすぐに出てきて美味さも分かりやすい。じっくりメニューを眺めて分かったが、オプションを追加することで味が変わるという驚きの技もある。中でもキムチ牛丼がアルフレッドはお気に入りだ。

だから牛丼の完成されたスタイルは完璧だろうと、アルフレッドは固く信じていたのだが……。

先日食べた昼食で、〝牛丼が完全体〟というアルフレッドの信念が揺らいだ。

「焼き鳥をパンで挟んだ（アルフレッド視点）〝テリヤキバーガー〟を初めて目にした時も、知恵者がいるものだと驚いたが……さらに焼き鳥をコメに載せた〝焼き鳥丼〟なるものまで発明されていたとは」

アルフレッドの大好きな牛丼と、愛してやまない酒肴《しゅこう》の焼き鳥を合体。これには意表を突かれたが、確かに美味かった。

「考えれば焼き鳥も牛丼も、甘辛いソースが決め手の肉料理。牛の煮込みがコメに合うのなら焼き鳥が合わない道理はない。交換しようと試みる人間がいてもおかしくないな」

焼き鳥丼はコメも鶏肉も好きなアルフレッドには願ってもないコラボだったが、同時に一つの疑問をもたらした。

〝牛丼というフォーマットは、これら以外の他の物を載せてもイケるのか？〟

異世界の勇者アルフレッドはまだ、〝どんぶり物〟というジャンルを知らない。

◆

そんなわけで。

「いらっしゃいませー！」

「うむ！」

アルフレッドは初めての料理を確かめるべく、新規開拓の店へと踏み込んだ。

「ご注文はお決まりですか」

「ああ」

アルフレッドはメニューをチラ見して、その一点をハッキリ指さして力強く。

「この、親子丼をくれ！」

「はーい、お待ちくださーい」

たかだかどんぶり一つ頼むのになみなみならない決意を込めた勇者の注文は、待つほどもなくあっさりと運ばれてきた。

アルフレッドはじっくり眺めてみる。

なんとなく薄茶色に染まっているのは、おそらく牛丼の甘じょっぱいタレソースを混ぜているからだろう。コメを覆うふわふわの白っぽい物は玉子が半固形になったもの。黄身も白身も混ざっているらしく、まだ半生で透明な部分も見える。

「ところどころに見えるコレは、タマネギみたいなものと……鶏肉？　うん、牛丼の仲間なら肉は必要だな。肉……鶏肉……」

アルフレッドはハッとした。

（これは……まさか!?）

勇者はどんぶりを持って立ち上がり、店員に向かって叫んだ。

「親子丼って……もしや、ニワトリと玉子で親子というダジャレか!?」

「知らなかったんすか!?」


天才的な閃《ひらめ》きでアルフレッドが掴《つか》んだ真実は、ニッポンでは誰でも知っている常識だったらしい。

「なんだよう……それならそれとメニューに書いとけよ……」

少しいじけながら勇者は用意されていたスプーンを手に取り、具とコメを一緒にすくい取って口へ運び……。

「なんてなめらかな……!」

悲しい気分が一瞬で吹き飛んだ。立ち直りが早すぎる勇者は夢中で親子丼を貪る。

「なんだこれ!? いや、牛丼よりさらに肉が少ないからずいぶんケチってるなとか思ったけど、それはともかくこの玉子スゴい!?」

固まってない玉子にタレの味がよく染み込み、そのグジュグジュでとらえどころのない〝何か〟がコメにたっぷりまとわりついて……。

「これはもう、牛丼とは全然別の料理じゃないか!」

親子丼ですから。

「そしてこの玉子粥《たまごがゆ》みたいなのに、たまに混じってくる鶏のモモ肉が良い!」

タマネギも忘れないで。

「これは、止まらん!」

牛丼も味がよく染み込んだコメと細切れの肉を一緒に食べるのが美味《おい》しいのだが、親子丼の玉子とコメの一体感はさらに上をいく。

並盛を一気呵成《いっきかせい》に食い尽くし、満足しながらアルフレッドは湯呑みを手に取った。

「うーん、ここまで味わいの違う美味になるとは……牛丼の変種《おやこどん》、やるな」

ニッポンでの楽しみがさらに増えたと、ご満悦なアルフレッドは湯呑《ゆの》みを卓上に戻しかけ……箸箱の横のメニューを見て、気になった。

「この、親子丼の横に書いてある〝カツ丼〟なるものはどうなんだろう？」

今日はまだ親子丼の並盛しか食べてない。〝もし親子丼がマズかったらどうしよう〟と考えて、大盛チェンジは控えたのだ。決して勇者が臆病だったわけではない。無駄《むだ》な食費は抑えたいと考えての、深謀遠慮の結果である。

「このカツ丼とやらを出している店に、次に巡り合うのがいつか分からないからな。やはりこの場で試してみなければいけないな、うん」

復活した食欲に背中を押され、アルフレッドはカツ丼も追加で注文してみた。

◆

「うーん、ほとんど同じ料理なのに……煮込んだ鶏肉とフライ仕立ての豚肉を換えただけで、あんなに味が変わるのか」

親子丼も滋味溢《じみあふ》れる素晴らしい味だった。だがカツ丼はボリューム感と豪華さで、軽々と親子丼の上をいった。

「揚げたてでジュウジュウ音を立てている豚肉《トンカツ》フライを、敢《あ》えてタレで軽く煮込むだなんて……あれが我が国の料理人だったら、サクサクの皮を失うのが怖くてとてもできないぞ」

作っている様子をじっくり観察していたアルフレッドも、何をやっているのか理解した時には（はぁぁぁ!?）と驚愕《きょうがく》したが……届いた物を食べて、その奥深い料理法に愕然とした。

「タレに浸《つ》かっていないところはザクザクした歯ごたえで揚げたてフライの美味さを残し、浸かった部分はしっとりとタレを吸ってあのおなじみの味わい《だし汁》がまとわりついている。一口で両方を味わえるだなんて！」

しかも揚げ物油がタレに染み出し、そちらのコクもまた上がるという好循環。そこまで計算してのレシピだとしたら、考えたヤツは本当にスゴい。

「うん、考案者が我が国の料理人でなくてよかったな。揚げたてのフライを煮込むだなんて調理を見たら、姫様《ミリア》だったら激怒して首を飛ばしかねない」

勇者の評価は食い物には甘いが、上司にはやたらと厳しい。

姫本人に聞かれたら自分の首が飛びそうな感想を漏らし、アルフレッドは満足して腹を撫《な》でながら店を後にした。

◆

「先週の〝牛丼《どんぶり》を探求する試みは、じつに有意義だったな」

牛丼の仲間はどれもこれも美味かった。

「さて、今日は何を食べようかな。やはりまだ見ぬ新牛丼《どんぶり物》を探してみるか？」

そんなことを考えながらコンビニで立ち読みを始めたアルフレッドは、雑誌をめくっていた手をピタリと止めた。

鮮やかな多色刷りの絵のページ《グラビア》で、いろいろなどんぶり物が一気に紹介されている。

「おおっ!?　えーと、なになに……『王者を決めろ！　ＤＯＮＢＵＲＩ人気ランキング』？　ほほう、〝牛丼〟スタイルの料理はこんなに種類があるのか！」

やはり牛丼はニッポン人のあいだでも人気が高いようだ。わざわざ本にこんなリストが載っているのだから。

「しかし俺が大好きな牛丼も親子丼もカツ丼も、どれも憧れの一位じゃないのか……意外だな。だとすると一位に選ばれたものはどれだけ美味いんだ？　想像もできないぞ」

感心しながら記事を読んだアルフレッドは決意した。

「よし、今日はこの栄光の一位を探しにいこう！」

牛丼も、焼き鳥丼も、親子丼も、カツ丼も。

アルフレッドが素晴らしいと評価した者たちが誰一人敵《かな》わないという、その一杯。これを食べずに、〝牛丼《どんぶり》〟を語るわけには行くまい。

勇者は期待を胸に歩き始めた。

◆

「お、ここだここだ」

繁華街で探し回ったら、お目当ての料理を出す店はすぐに見つかった。

「ふむ。ここで、かの〝鰻丼《うなどん》〟が食えるのか」

ウナドンなる物を出す店は居酒屋に似ていて《和風建築で》、牛丼屋よりちょっと高級そうに見える。その店構えも王者にふさわしい。

「よし、ではさっそく」

暖簾《のれん》をくぐって店に入りかけ、アルフレッドは何気なく入り口脇に置かれたメニューを見た。

そして、その姿勢のままで固まった。

「鰻丼（最上）【肝吸い・小鉢・デザート付】……六千八百円っ!?」

この値段……ビジネスホテルの宿代が出てしまう。

「六百八十円じゃないのか!?」

扉にかけた手を慌てて引き、開いたまま台に置かれたメニューを手に取ってみる。

「俺の見間違い……じゃないよな、やっぱり」

何度見ても、やはり数字の桁を間違えたわけではなかった。ちゃんと六千八百円と書いてある。

「一番安い物は……（並）でも二千五百円!?　カツ丼が四杯食えちまうぞ！」

（さすが憧れの人気第一位だ……！）

鰻丼が見せつける王者の貫禄に恐れをなし、思わずアルフレッドは喉を鳴らした。


このお値段、ただものじゃない。


「……なるほど、〝憧れ〟か」

あの本には確かに、〝大好物〟だとか〝いつも食べてる〟だとかは書いてなかった。

きっとニッポン人も常食しているんじゃなくて、なかなか手が届かないから〝憧れ〟で一位に推しているのだろう。

（鰻丼には、それだけの美味さがあるのだろうな。だが……）

一杯でビジホ代が飛ぶ価格に、勇者はしばし目をつぶってどうするべきかを考える。そして顔を上げると、爽やかに微笑《ほほえ》んだ。

「うん。鰻丼は魔王討伐のご褒美に食べることにしよう」

最高の物を食べるには、それにふさわしいタイミングが必要ではないだろうか。

「そう、決して金が出せないというわけじゃない。先々を考えたうえで取っておくだけなんだ。うむ、俺にはまだこの栄冠を手にする資格がない。それだけなんだ」

勇者は己《おのれ》に言い聞かせるようにつぶやき、うんうんと頷《うなず》く。

今日のところは、初心に立ち帰ろう——。

アルフレッドは鰻丼の店から静かに戦略的撤退を敢行し、お馴染《なじ》みの牛丼店へと足を向けた。

勇者、朝食に思う

ウラガン王国では、食事のメインはパンになる。

本当は〝肉〟と言いたいところだけれど、生肉は高いし限りがあるし、庶民になると毎食は食べていられないのが実情だ。ソーセージやハムなどの燻製肉《くんせいにく》類やチーズをメインに、野菜や芋でかさ増ししてパンと一緒に食べる。それらも収穫時期によって、あったりなかったり……なので、一年通じて食卓に上るのはパンと芋くらいだろうか。

「ひっさしぶりの白いパンは、美味《おい》しいわねえ……」

魔術師《エルザ》がパンを一口食べて、なんともいえない顔で噛《か》み締めている。頷《うなず》きはしないものの、他のメンバーも無言で同意しているのが分かる。

「十日もビスケットと干し肉で過ごしてきたからな……新鮮な葉物野菜が、じつに美味《うま》い」

一番耐性があるはずの剣士《バーバラ》でさえ、サラダの食感に感動している。こんなモノ、野営中には口にできないから無理もない。

そんな中でアルフレッドは、また別の味を思い出していた。

「旅に疲れ果ててやっと街にたどり着き、安全な寝床で清々《すがすが》しく朝を迎えた日の朝食といえば……」


――牛丼だよな。


アルフレッドは思う。まさにあれこそがニッポンを代表する食い物だと。

炊き立てのまっ白いコメに敷き詰められた、しっかり甘辛いタレが滲《し》みた薄茶色の牛肉。

そこへざっくり潰した生卵をかけ廻《まわ》して……たっぷり酸っぱくて赤いヤツを振りかけてもいいし、奮発して別注文のキムチを載せてもいい。

それをちゃんと全部同時に口に入るように計算して、頬張る。

すると豆とはまた違ったコメのモチモチした小さな粒に、甘くてしょっぱくて肉のエキスが溶け込んだ汁が混ざり込んで……アルフレッドは思い出すだけで、快感に身震いしてしまう。

メインの牛丼がしっかり美味いからこそ、一緒に頼むシャキシャキの生野菜の小皿とか、塩気を堪能できる味噌《みそ》汁も楽しめる。

爽やかな朝を感じながらあの牛丼フルコース《サラダセット》を一息に食べ尽くすと、アルフレッドは〝ああ、ニッポンに来たなあ……〟と思うのだ――。

「アルフレッド、どうした？」

フローラに声をかけられ、アルフレッドはハッとした。いつのまにか朝食中に手が止まっていたらしい。

「いや、なんでもない。ついボーっとしてしまった」

「頭の中がまだ寝ているのではないか？」

「疲れは溜《た》まっているわよねえ。私もまだ調子出ないわ」

仲間が口々に旅のツラさを話し出す中、アルフレッドも思う。


（俺は、おまえら込みで旅がツラいんだけどな！）


でも、いいのだ。

不自由な旅と危険な戦いと、女性陣のキツい態度と理不尽とからかい……そんなキツイ毎日に耐えているからこそ、神が俺にニッポンでの休暇をくださるのだから。

牛丼は言うに及ばず。


ビール。

カレー。

焼き鳥。

その他たくさんの、ニッポンの美味しいものたち。

(またすぐに行くからな……待っててくれ、我が心の相棒たちよ)

ニッポンでの休暇こそ、勇者にとっては真にホッとできるひととき。

アルフレッドは次の安息日に思いを馳《は》せ……今は目の前の朝食を片づけんと、味つけもなしに煮込んだだけの燻製肉にかぶりついた。

あとがき

このたびは「勇者はひとり、ニッポンで　～疲れる毎日忘れたい！　のびのび過ごせ異世界休暇～」をお手に取っていただき、ありがとうございます。

この作品は別タイトルにて「小説家になろう」「カクヨム」の両サイトで連載していたものを、改題・改稿したものになります。連載時に応援してくださった皆様、書籍化したこの本をご購入くださった皆様。本当にありがとうございます。

もともと別の長編作品を書いていて、そちらの自主ノルマの〆切に追われている時の気分転換に書き始めたのがこの作品でした。だから肩の力を抜いて、好きなように書いていたのですが……思わぬ人気が出て、まさかのコミカライズ、書籍化まで。初めて書籍化した作品もそうですが、どうも私の書いたものは性癖垂れ流しにしたものがウケるようです。

こちらは「小説家になろう」での連載を見てお声がけいただいたのですが……じつは連載していた作品をそのまま書籍化……という単純な成り立ちではありません。

最初に一迅社様からオファーを頂いた時は、コミカライズのみのお話だったんですね。それで原作として使用するにあたってどの程度話を膨らませればよいか分からなかったので、一話辺りの会話やシーンを増やした漫画原作版を作りました。

一方で原作小説は書籍化等の予定は当初なかったのですが、一迅社様のほうでそちらも面倒を見ていただけるというお話になりまして。それでそのまま読むにはくどくなってしまった漫画原作版を改めて直し、書籍化原稿と致しました。

つまりこの本、Ｗｅｂ連載小説のコミカライズのノベライズ版なんですね。


書籍化にあたってはウェブ版第一期の前半部を大幅に改稿したうえで、さらに書き下ろしを十話ほど追加しました。書き下ろしは本編ぽい話もありますが、アルフレッドがニッポンへ来るようになった事情や、女性陣がどう思っているかといった〝勇者〟の側の裏話がメインとなっております。投稿サイトへの転載はありませんので、書籍版のみの特典ですね。買っただけの価値があったと思っていただければ幸いです。


コミカライズを担当し、こちらのイラストも描いてくださった雪狸様。

声をかけてくださり、小説版も実現するよう奔走してくださった一迅社　鈴木様。

その他にも書籍デザイン・文章校正など、企画が形になるよう動いてくださった関係者の皆様。そしてなによりこの本を買ってくださった読者の皆様。

本当にありがとうございました。重ねてお礼申し上げます。

売国奴として国を追放された商人、実はチートな人脈を持っています

～和解をしようとしているがもう遅い。竜姫、魔王、吸血姫たちが怒って一斉に攻撃を始めてしまいました～

著：はにゅう　　イラスト：福きつね

様々な種族と取引をしていた商人レイン。国の情報を売っていると誤解した王様に突如国外追放を告げられた。しかし、彼には種族の王――竜姫、魔王、吸血姫――と太いパイプがあって、殺されそうなところを助けてもらい、再び商いを始める援助もしてもらうことに。面倒な商人ギルドなどを介さなくて済み、以前よりもスムーズに取引ができるようになって結果オーライ!?　しかも魔界での行商が落ち着いてきたところで、レインの理不尽な扱いに激怒していた彼女たちが、報復した暁には結婚しようと言い出して――!!

軍人少女、皇立魔法学園に潜入することになりました。

～乙女ゲーム？ そんなの聞いてませんけど？～

著：冬瀬　　イラスト：タムラヨウ

前世の記憶を駆使し、シアン皇国のエリート軍人として名を馳せるラゼ。次の任務は、セントリオール皇立魔法学園に潜入し、貴族様の未来を見守ること!?　キラキラな学園生活に戸惑うもなじんでいくラゼだが、突然友人のカーナが、「ここは乙女ゲームの世界、そして私は悪役令嬢」と言い出した！　しかも、最悪のシナリオは、ラゼももろとも破滅!?　その日から陰に日向にイベントを攻略していくが、ゲームにはない未知のフラグが発生して――。

［ダンジョン島で宿屋をやろう！

創造魔法を貰った俺の細腕繁盛記］

著：長野文三郎　　イラスト：てんまそ

ブラック企業に勤める真田士郎は、接客中にしゃべるヒラメを釣り上げ、異世界へと飛ばされる。するとそこは女性が危険な冒険を、男性が家事を担当する、現世とは男女の立場が逆転した世界!?　無人島にたどり着いた士郎はヒラメからもらった「創造魔法」を使って、島のダンジョンを訪れる人向けの宿屋を始めるが——。みなさんがか弱い俺をいやらしい目で見てきます……誘っちゃおうかな？　異世界の女性たちをもてなす男将（おかみ）の物語が始まる！

［ チートスキル『死者蘇生』が覚醒して、いにしえの魔王軍を復活させてしまいました～誰も死なせない最強ヒーラー～ ］

著：はにゅう　　イラスト：shri

特殊スキル『死者蘇生』をもつ青年リヒトは、その力を恐れた国王の命令で仲間に裏切られ、理不尽に処刑された。しかし自身のスキルで蘇ったリヒトは、人間たちに復讐を誓う。そして古きダンジョンに眠る凶悪な魔王と下僕たちを蘇らせる！　しかし、意外とほんわかした面々にスムーズに受け入れられ、サクッと元仲間に復讐完了。さらにめちゃくちゃなやり方で仲間を増やしていき――。強くて死なない、チートな世界制圧はじめました。

勇者《ゆうしゃ》はひとり、ニッポンで
～疲《つか》れる毎日《まいにち》忘《わす》れたい！ のびのび過《す》ごすぜ異世界《いせかい》休暇《きゅうか》～

初出……「ギスギスした毎日に疲れ果てた勇者、週末は異世界「ニッポン」でまったり
飲んだくれるのだけが楽しみです ～たまの休日くらい、独りで羽根を伸ばさせろ！～」
小説投稿サイト「小説家になろう」で掲載

2023年4月5日　初版発行

【著者】山崎響《やまざきひびき》
【イラスト】雪狸《せつり》

【発行者】野内雅宏

【発行所】株式会社一迅社
〒160-0022
東京都新宿区新宿3-1-13　京王新宿追分ビル5F
電話　03-5312-6131（編集）
電話　03-5312-6150（販売）

発売元：株式会社講談社（講談社・一迅社）

【印刷所・製本】大日本印刷株式会社
【DTP】株式会社三協美術

【装幀】AFTERGLOW

ISBN978-4-7580-8420-8

Printed in JAPAN

おたよりの宛先
〒160-0022
東京都新宿区新宿3-1-13　京王新宿追分ビル5F
株式会社一迅社　DMC・REX編集部
山崎響先生・雪狸先生